中国好诗词鉴赏文库

肖复兴 著

复兴诗草

武汉大学出版社

图书在版编目(CIP)数据

复兴诗草/肖复兴著 . —武汉:武汉大学出版社,2015. 9
中国好诗词鉴赏文库
ISBN 978-7-307-15559-6

Ⅰ. 复… Ⅱ. 肖… Ⅲ. 诗集—中国—当代 Ⅳ. I227

中国版本图书馆 CIP 数据核字(2015)第 066538 号

责任编辑:张福臣 责任校对:汪欣怡 版式设计:韩闻锦

出版发行:**武汉大学出版社** (430072 武昌 珞珈山)
（电子邮件:cbs22@ whu. edu. cn 网址:www. wdp. com. cn）
印刷:武汉中科兴业印务有限公司
开本:950×1260 1/32 印张:11.375 字数:190 千字 插页:1
版次:2015 年 9 月第 1 版 2015 年 9 月第 1 次印刷
ISBN 978-7-307-15559-6 定价:30.00 元

前　言

张福臣

　　春去冬来，一年的轮回，时间有时快得像白驹过隙，有时又仿佛停在那不动。经过两个多月耐心的等待，《中国好诗词鉴赏文库》的封面终于浮出水面，"叶辛山水情韵"终于来到了我的桌上。一见就喜欢上了，看见了封面上的山，
　　　　　"五岳寻仙不辞远，
　　　　　一生好入名山游。"
就像看见李白吟着走着来到面前。
　　　　　"云龙地缝天来水，
　　　　　缝底巨石张开嘴，
　　　　　悬崖峭壁绿荫垂，
　　　　　千仞巉岩四边围。"
叶辛老师就跟在后面。是的，叶辛老师这首诗就在我眼前吟就，那是走在恩施大峡谷的雨中，今天看着这首诗就像当时的雨滴在滴答滴答。

看到了叶辛，就想起肖复兴，也就在两个月前，我和老伴陪着复兴老两口流连于汉口江滩，可巧，也是小雨中。"武汉真不错，有这么美的去处，武汉人有福！"复兴兴之所至，张口就来：

"轩豁一堤轩豁思，

纸鸢正是放飞时。

三叠细瀑风中落，

十里长龙月下驰。

火蓟雪樱花是梦，

石雕金刻字为诗。

白云黄鹤千载后，

汉口江滩绝妙诗。"

复兴的感慨，复兴的古诗新唱，复兴的《复兴诗草》，留在了江滩，留在了武汉。

昨在江滩，今游东湖。东湖的天上下着小雨，流到东湖地下时，成为了复兴老师口中吟出的古诗新唱：

"竹忆桥怜水自闲，

东湖二十五年前，

迅哥对坐坪中草，

屈子行吟阁上烟。"

雨和着诗还在缠绵。徐鲁老师和宏猷兄已候在东湖边上的闲云阁。

徐鲁老师听说复兴兄来汉为"名家讲坛"讲课，提前半个多月就和我定下了为复兴兄和嫂子接风。这倒成全了我，我是最大的受益者，省下了人民币且不说，在东湖边上、在雨中、在闲云阁，徐鲁老师为我签下了熊召政先生的《故国山河集》。宏猷兄更是慷慨地献出了压箱底的大作《南山窖雪》。这是他多年的心血，也是他最疼爱的"儿子"，并且是他和他四十多年的挚友如兄弟陈伯安的唱和集。四十多年的真情，四十多年的风雨与共，四十多年的不离不弃，四十多年对文学的坚持，四十多年新诗的吟唱与古诗的情怀，《南山窖雪》是最好的见证。

不知是天意，还是一切都在冥冥之中，湖北省作协副主席刘益善老师听说我在策划出一套当代古典诗词丛书，他真诚热情地推荐了我国当代著名作家、诗人王蒙、高洪波、罗辉三位先生的大作，即王蒙的《王蒙的诗》，高洪波的《几度长吟集》、罗辉的《一路行吟集》。这套丛书书稿已有7部，不到一年的编辑工作，算是一个段落，应该收获不小。

面对这些诗稿，我冷静下来再思索，回看当下的大形势，习总书记在北京师大参观教师节30周年展览时说：我很不赞成把古代经典诗词和散文从课本中去掉，去中国化是很悲哀的。同时，全国也兴起了国学热、传统文化热，也有了古诗词回归中小学课本的可能性，再总结这些信息，头脑里时常冒出唐诗、宋词，挥之不去。特别还有那首歌词，"长亭外，古道边，芳草碧连天……"几乎在大脑空出时就冒了出来。经常向这些老师和朋友请教及探讨这形势和现象，同时和陈伯安老师（陈老师是教育家并当了多年的教育局局长，70多岁了还在每周讲国学）共同请了一些作家学者座谈，最终我决定以上述的那7部书稿作为"药引子"，由此乘胜追击，出一套涵盖中华五千年所有朝代有代表性古典诗歌文库，即"中国好诗词鉴赏文库"一套，共40册，从当代起始，分为当代卷、现代卷、近代卷以及清、明、元、宋、五代、唐、南北朝、魏晋、春秋战国，到春秋战国时的《屈原诗集鉴赏》。

这是一个宏大的工程，一个雄伟的目标，能否实现，我想武汉大学出版社拥有众多名校的专家学者，更有这些鼎力支持的著名作家、诗人，他们的影响力，他们的能量都是非常大的。《唐诗三百首》《宋词三百首》长销不衰，最有影响力的还是李白、杜甫……当代的几位大家也不差，比如熊召政的古诗词就有900多首，肖复兴的有600多首，民国时的如聂甘弩有上千首，柳亚子更甚。当代、近代也好，古代也罢，都应该传承下去，都应该作为历史，作为文学史，在我们这里存档。当代以前的古诗词已写进中华五千年的文化、文明，当代以后的古诗词不也会写进中华的文化、文明、文学史吗?! 他们个人的素质，他们以一个作家的良心，他们的作品，他们用手中的笔书写的是对民族的担当，对国家的热爱，对生活的真实，对大自然的赞美，对文学的执著，对诗歌的情怀，他们没有用笔谋私，没有用汉字献媚，没有在灯红酒绿中打情骂俏。他们完全可以上追古人，下启新人，以自己的真情实感和对古典诗词的底蕴，写进中华五千年的文化、文明、文学史。

《中国好诗词鉴赏文库》从策划到出版成书大约需要3年的时间，我可能无力完成这个宏伟的目标了，能够把当代卷出齐，只当抛砖引玉。刚好在人生的年轮里走满一个甲子，到了洗洗睡的时候。如今回想起来到武汉大学出版社刚好5年，5个秋去冬来，5个春夏秋冬，5个轮回，也是说长不长说短不短。5年前，郭园园老师、陈庆辉社长将我引进武汉大学出版社这个平台上，这是我非常喜欢的一个平台。在这个平台上，我尽全力，争分夺秒地折腾着。5年的时间，在出版社各位同事的协助下，策划出版了《中国知青文库》丛书56册，《六书坊》7辑42册，《中国好诗词鉴赏文库》当代卷7卷，还有《汉口码头》、《中国古今家风家训100则》

等各类图书近 50 册。本人能够以出版人的良知和责任做了一些应该做的事，并做成了一些事。首先要感谢武汉大学出版社给了我机会。更要感谢的是全国著名作家，如白描、阿城、贾平凹、张抗抗、竹林、高红十、张承志、邓贤等有名和没出名的作者的无私帮助。最后要感谢的是我那些亦师亦友的挚友们，如叶辛、肖复兴、董宏猷、陈伯安、徐鲁、刘晓航、刘晓萌、郭小东、岳建一、晓剑、刘益善、孟翔勇等不离不弃的真正的友情。

5 年能为读者，能为社会留下三套丛书，近 200 册有用的图书，作为出版社，作为出版人，也算是个见证，虽然没有物质上的期望值，但在当下，在未来，能够有读者，有社会上的认可，足可告以慰藉了。因此，到了快要说再见的时候，一个人的职业生涯和人生快到终点时，所作所为能够留下一点点痕迹，足矣。更何况还拥有这么多的亦师亦友的挚友们，因为都是缘分，我为拥有朋友们而快乐！我为拥有你们而骄傲！拥有你们此生无憾！

《中国好诗词鉴赏文库》，就算是一个出版人在武汉大学出版社的平台上的谢幕，不是绝唱的绝唱。

2015.9.1 于武昌

自　序

　　除了小学在语文课本里学过"床前明月光"和"锄禾日当午"几首有限的古诗之外，第一次读旧体诗的诗集，是我读初一的时候。我从同学那里借了一本《千家诗》，是那种清末民初的旧版书，发黄的薄薄马莲纸，竖行排印，每一页的上端，都有一幅木刻古画。它让我对旧体诗着迷，我用一个写作业的田格本，把这本《千家诗》从头到尾抄了一遍。到现在还记得抄写的第一首诗是："古木阴中系短篷，杖藜扶我过桥东，沾衣欲湿杏花雨，扑面不寒杨柳风。"那时候，每天在一张小纸片上抄一首上面的诗，带到上学的路上背诵，车水马龙的喧嚣都不在了，只剩下了诗句连成的想象和意境，成为了学生时代难忘的回忆和成长的背景。

　　第一次染指旧体诗的写作，是在"文化大革命"后期。逍遥校园，插队在即，同学又要风流云散，天各一方，前途未卜，心绪动荡，大概是最适宜旧体诗书写的客观条件。爱好一点儿文学，自视几分清高，所谓革命理想的膨胀，又有铺天盖地的毛泽东诗词的影响，如此四点合一，大概是那时旧体诗书写的主观因素。由此诗情大发，激扬文字，还要学古人那样相互唱和，抒发高蹈的情怀，振衣千仞岗，濯足万里流；我有辞乡剑，玉锋堪裁云。想想，十分好笑，又是那样天真，书生意气，贴着青春蹩脚的韵脚，留下稚气未脱的诗行。

不过，那时对旧体诗的热情，很快就随着插队和返城繁杂庸常而疲于奔命的日子散去。旧体诗，只是青春期图谋快感的一次手淫。重新拾起旧体诗，是几十年过去退休前后的事情。特别是 2007 年年底退休之后，我知道，随着时间一下子闲暇了起来，其实，也是人渐入老境的开始。为打发时间，对付老境，我选择了学习旧体诗和学习绘画这样两种方式，自娱自乐。老杜诗云：自吟诗送老，相对酒开颜。将其中的"酒"字，换成"画"字，是我生活真实的写照。诗与画，是进入老境的两根快乐而合手的手杖。

真的是无知者无畏，信手写诗，和信笔涂鸦一样，写得那样自以为是。因学识浅陋，又无人指点，不知其中已是错误百出，千疮百孔。2010 年春天，我去美国小住半年，无所事事，从图书馆借来台湾版的上下两册

《读杜心解》和一本《唐诗鉴赏词典》，两相对照，方知旧体诗里面的学问和规矩，远比我想当然的丰富得多，讲究得多。其中格律则是旧体诗尤其是格律诗至关重要的律令。重新看自己所写的旧体诗，不禁汗颜，因为几乎没有一首是合格的。便从头逐一修改。修改的过程，是学习的过程；学习的过程，也是快乐的过程。

聂绀弩和邵燕祥先生都曾经说过，旧体诗的写作是一种游戏。这种游戏的快乐，首先便在于其严谨的格律。格律，让平仄和对仗，有了音乐般的韵律，有了词与词、字和字之间细致入微、紧密非凡而奇特无比的关系，亦即布罗茨基所讲的："一个词在上下文中特殊的重力。"而这种韵律和关系，则为中国文字、中国文学乃至中国文化所独有，有旧体诗自成一体的语言系统、美学系统和价值系统。这些系统不是正襟危坐的高头讲章，而是温润清澈，如水流动，贯通在旧体诗的格律与韵律之中，真的是一种中国独有的奇妙而有着特殊重力的存在。

在这里，可以真切地触摸到、并可以学习到，对于世事沧桑与人生况味，古人是如何体味、追寻、处理和表达的。由此观照现今的社会和自己，那种流失的古典情怀以及它们的表达方式，常让我在这些旧体诗里面生发感喟，甚至羞愧。当然，也让我靠近它们庇荫取暖，学习到许多，并得到快乐许多。

因为，面对现今纷繁变化的世界，我们需要这样带有古典情怀的诗性的营养，起码对于我，需要这样诗性的释怀。同样，还因为，现今存在的一切，以及我们内心所思悟和情感所需要的一切，在旧体诗中都可以找到这样诗性的对应，非常的奇特，而且，非常的准确，又非常的含蓄蕴藉和浓缩。

那天，看孙犁先生的女儿出版的一部新书中，有一张照片，影印的是孙犁先生晚年书写的一幅字，抄录的是老杜晚年的几句诗，其中一联印象非常深刻：雕虫蒙记忆，烹鲤问缠绵。后查诗集，是老杜去世前两年所写的一首百韵五排中的一联。对于文字写作的意义，和对于朋友的书信其实更是情谊的关切，同为暮年，经历了人生和世事的沧桑迭宕之后，孙犁先生和老杜的心境会如此相通，竟然一步跨越了一千多年的历史长河，找到了自己心情最合适最干练的抒发，不能不说是旧体诗的魅力，真的叹为观止。

因此，阅读和写作旧体诗，寻找这种韵律和关系，寻找这种古今心思与表达与抒发之间的奥妙与微妙，则大有曲径通幽之乐趣。其乐趣，在于游戏精神和古典情怀并存，相得益彰。而且，它特别适合独自一人的思索、品味和探寻，可以不必打扰任何人，将自己的心情和感情、一瞬即飞的回忆、擦肩而过的思绪，在中国独有的方块字，而且是有限的方块字之间，其实也是在无限的想象天地之间，逐渐显影，逐渐摇曳，穿花蛱蝶深深见，点水蜻蜓款款飞。在这有限和无限之间，在节制和限制之中，有着众里寻他千百度、有着咫尺应须论万里的魅力和诱惑，尤其适合需要远避尘嚣的老年人的清静之心。我称之为是我自己的智慧体操，是我常常操习的八段锦。

正如布罗茨基所说："除了少数例外，近代所有不少有些名气的作家都交过诗歌的学费。"我没有多少名气，却一样也是在交诗歌的学费，在为自己补课。中国古典的诗歌尤其是格律诗，其绝妙可以说全世界绝无仅有，更值得为它交学费。我只是觉得自己交的时间晚了些。

感谢武汉大学出版社，能够让这本诗集得以问世。这是我在他们那里出版的第二本旧体诗集。四年前，他们出版了我的《北国记忆——北大荒三百首》。这一本《复兴诗草》，则是除此之外所写的旧体诗集合，大约也是三百多首，落花流水，雪泥鸿爪，有我退休前后学习写作旧体诗歪歪扭扭、深深浅浅的轨迹。

　　我只写格律诗。这样做，是想集中一点学习，可以毕其功于一役。此外，我也格外钟情格律诗在严格而有节制的格律要求中的诗韵和诗意。而且，在格律诗中，我更注重学习七律和五律。这本《复兴诗草》中，除了极个别七绝外，绝大多数是七律和五律，七律更多于五律。

　　说是律诗，当然，也只是打油而已，因为距离严格的律诗有很大的差距。对于律诗的学习，我采取的是宽韵严律的原则，对于"鱼"、"虞"；"佳"、"麻"；"真"、"文"、"侵"；"东"、"冬"；"庚"、"青"、"蒸"；"元"、"寒"、"删"，乃至于"覃"、"盐"、"咸"之类严格的区分，不会在意，就像王力先生在《诗词格律》中所讲的："今天如果我们也写律诗，就不必拘泥古人的诗韵……只要朗诵起来谐和，都是可以的。"但对于平仄的要求，则尽可能的遵守。至于今韵与古韵的差别，尤其是旧体诗以往和现在都常用的一些词语，如"看"、"斜"、"十"、"国"、"竹"、"菊"等，也尽可能的向古韵靠拢。如此做，为了让格律诗更像格律诗一点，也为了让自己在其中找到的乐儿更多一些。尽管努力，还是按下葫芦起了瓢，错误如落叶时时飘落在自己的头顶而全然不知。

这本《复兴诗草》，按照时间顺序排列，从 2004 年到 2015 年春，跨度将好一轮。退休前几年，即 2004 年至 2006 年，我写《蓝调城南》和《八大胡同捌章》的时候，曾经走遍北京城南的大街小巷，不禁感慨在城市化进程中老北京的沦落，随手写了一些旧体诗，只是为了记录自己的心情和感喟。现在将它们排在第一辑，因为当时写得过于随心所欲，谬误百出，所以重新修改了一遍。其余则是 2007 年退休以后所作。有意思的是，自退休之后，懒散的我，不再记日记，却迷恋起了旧体诗，这些旧体诗便成为了我的日记变种。如今，除《北大荒三百首》之外，这十二年的诗全部在这里了。尽管全部的诗，我从头到尾重新看过四遍，一一做了修改，但依然心中惴惴，并不托底，企盼着错误能够得到方家的批评指正。

我信奉已故老作家萧军所说："只有旧体诗，才是为自己写的。""才和自己有着血肉关联。"前辈学者钱穆先生，在论述旧体诗时也曾经说过这样类似的话："中国古人曾说'诗言志'，此是说诗是讲我们心里的东西的。"在这里，对于"诗言志"的"志"，钱穆先生做了最好的解释，而不囿于传统和现时惯用的那种宏大的指向，强调的是"心里的东西"，亦即萧军先生所说的"和自己有着血肉关联"的东西。这个"心里的"和"血肉关联的"，我想，大约是旧体诗区别于新诗乃至文学其他品种最特殊的地方，也是最迷人的地方。所以，钱穆先生又说："正因文学是人生最亲切的东西，而中国文学又是最真实的人生写照，所以学诗就成为学做人的一条径直大道了。"这是学习旧体诗的更高境界了，虽不能至，心向往之。

2015年3月9日写于北京

目　录

武 汉 两 章

一、武昌东湖

竹忆桥怜水自闲，
东湖二十五年前。
迅哥坐对坪中草，
屈子行吟阁上烟。
胜地胜游携鹤去，
好歌好谱就风传。
争拍对对婚纱照，
一岸梨花雪满园。

注：二十五年前，我曾经来过东湖。

二、汉口江滩

轩嚣一堤轩嚣思，
纸鸢正是放飞时。
三叠细瀑风中落，
十里长龙月下驰。
火蓟雪樱花是梦，
石雕金刻字为诗。
白云黄鹤千载后，
汉口江滩绝妙词。

2015 年 4 月 1 日于武汉

❧注：汉口江滩带状公园，依江而建，为上下三叠坡状，层次丰富，
异常开阔。

安纳西来照

一路东行安纳西，
横穿法国草萋萋。
湖幽水静帆渐远，
雪白峰青天欲低。
雁寄锦心云外落，
梦随明月桂中题。
孩儿最是笑不住，
招得满山莺乱啼。

2015 年 4 月 15 日于北京

注：安纳西在法国东部阿尔卑斯山下。小铁李峥带两个孩子到那里
爬雪山。

《九十回眸》读后致王火

九十回眸雨后晴，
当年挥笔在南京。
白头痛说忠和义，
碧血惊书战与争。
老树已随双凤舞，
大山犹见一江横。
蓉城春色来天地，
依旧文章火样情。

2015 年 5 月 10 日于北京雨中

注：王火，成都老作家，今年 91 岁。《九十回眸—中国现当代史上那些人和事》，是其新著，四川人民出版社出版。双凤指他的两个女儿。王火所著长篇小说《战争与人》曾获茅盾文学奖。

申酉戌诗

城 南 吟 草

甲申秋访南柳巷林海音故居

城南旧事忆海音，
南柳巷中寻故人。
抱鼓石墩残尚在，
槐花一地认家门。

甲申秋访芝麻街林琴南故居

天雨将来鸟自闲，
芝麻街上访琴南。
一帧旧版茶花女，
飘过芳香已百年。

南半截胡同绍兴会馆访鲁迅故居

古槐老巷夜沉沉，
帘幕重重院落深。
月色满庭谁寂寞，
闲花落尽起风尘。

过鲜鱼口

斗曲蛇弯路渐长，
鲜鱼口内踏斜阳。
兴华池水流何处，
梦里炒肝漫巷香。

注：兴华浴池是老店，卖炒肝的天兴居更是老店。这是我小时候父亲常带我和弟弟去的地方。

过草厂五条

老院无人寻旧迹，
深宅何处起鼾声。
蝉鸣将尽天将午，
跌进前朝老城营。

注：2004 年，为写《蓝调城南》一书，曾经走访草场。草场是由一
条到十条的十条胡同组成，是北京少有的由东北向西南弯曲走
向的胡同。因为北京的胡同大多是方向正直的东西南北走向。
盖因草场这十条胡同原来是古河道，成为了一片芦苇荡，后成
为了朝廷的积草之地，故名为草场。

同老院旧友乙酉冬访西打磨厂

路近城南已怕行，
粤东会馆更伤情。
风从老柳残墙去，
月自枯门古巷迎。

注：西打磨厂是自明朝就有的一条老街，我落生之后，在这条街上
的粤东会馆里生活了二十一年，然后去了北大荒。

北大吉巷二十二号访京剧名宿李万春老宅

大吉巷内难吉利，

李万春家未有家。

小院依然桃李在，

可惜一地落空花。

草厂三条赠发小黄德智

同住前门外，

隔街常往来。

长空初怅惘，

小巷共徘徊。

家墨香留色，

门联篆刻宅。

少年多少事，

一去梦难回。

注：黄德智是我小学同学，小时候，我们住的只隔一条街巷。他家
　　独居古色古香老四合院，老门有门联：林花经雨香犹在，芳草
　　留人意自闲。

草厂头条广州会馆忆儿时

广州思会馆，
少女梦如诗。
秋过花红后，
春来雪化时。
灯明人弄影，
香暖月撩枝。
几载素僧忆，
依依柳似丝。

注：素僧是我小学同学名，姓麦，广州人，当时住广州会馆。

乙酉重访杨梅竹斜街和樱桃斜街

竹偕双水果，
如此好街名。
走马心犹静，
看花眼亦明。
老宅檐草暗，
小巷柳梢青。
叫卖声盈耳，
摊摊菜价平。

花 市 吟

花市已无花，
楼高隐落霞。
葡萄常可比，
货担赵堪夸。
隔巷飞鸽哨，
邻家卖纸花。
槐枝夹荫道，
梦里落乌鸦。

注：花市清末民初以卖各种纸花闻名。葡萄常是当年以制作玻璃葡萄工艺品闻名。原来街道两旁的槐树，早已连根拔去，不见踪影。

城南美食杂忆

吃食家家美，
城南味不虚。
独登同聚馆，
同上广和居。
曾有茶汤李，
又添潘氏鱼。
围炉品奶酪，
卤煮一头猪。

注：同聚馆、广和居、茶汤李、奶酪魏，均是当年老名店。潘氏鱼
是广和居的一道名菜，为同治进士潘炳年所做的一道特色鱼。

丙戌春访谢公祠

谢公祠夜色，
露重草霜多。
日夜忠魂曲，
春秋正气歌。
檐危门怅惘，
屋漏瓦蹉跎。
谁作梅花赋，
几生梦里过。

注：谢公祠位于法源寺后街，为纪念谢叠山的祠堂。谢是南宋爱国将领和诗人，和文天祥齐名。生前有"天地寂寥山雨歇，几生修得到梅花"诗句。

丙戌冬日山西街重访荀慧生故居

山西街日落，
断壁抱残砖。
久散诗中到，
常思戏里看。
黑帮唯暗夜，
红粉岂明天。
犬吠深门静，
风吹透骨寒。

西打磨厂秋访福寿堂

几度寻堂浑不见，

深藏古巷尽西头。

重帘不卷存风月，

盛宴先阑散苦愁。

宅院房房门俱锁，

石榴树树果空留。

喜看老戏台还在，

毕竟沧桑旧酒楼。

注：福寿堂，清末老饭庄，是一家不卖散座专门承接宴会的冷饭庄。
内有戏台，当年，杨小楼、王瑶卿、梅兰芳、荀慧生等名角，
都曾在此登台演出。

过八大胡同

青楼处处早凋残，
日落谭家百顺间。
小凤仙吟风月夜，
赛金花笑雨霜天。
赏心悦事怡香院，
姹紫嫣红美锦班。
祸水从来欺社稷，
谁家救国赖红颜。

注：谭家、百顺为八大胡同中两条胡同名。怡香院、美锦班是当年妓院名。小凤仙当时在陕西巷52号的云吉班，赛金花在陕西巷中段榆树巷1号的怡香院。如今，这两地还在。

冬过前门

冬过前门铁板墙，
五牌楼外整修忙。
门漆彩色成新饰，
窗刻旧纹装古香。
虚废青春何处老，
不知白日几时长。
一条老街糟蹋尽，
无语斜阳泣断肠。

重回老院赠小京

少壮谁知日后忧，

心驰却做北疆游。

老屋云散心先动，

新梦花逢泪已流。

诉苦一函因雨注，

寄靴千里为秋收。

只身希尔根关外，

小院空留落叶愁。

注：小京是我同院的老街坊，希尔根是吉林哲里木盟的一个小村子，他在那里插队。他未离北京之前，我从北大荒给他写信诉说麦收遇雨泥陷半腿之苦，他立刻为我买了高腰雨靴寄来。

乙酉夏重访粤东会馆

院落三重众口夸，

曾经烂漫度年华。

檐前风柳学行草，

门后山墙抹乱鸦。

无数绿枝闻粤语，

连番春雨赏枣花。

人寻旧地老屋在，

已住年轻一画家。

注：粤东会馆是明末清初建，位于前门外西打磨厂街。自出生到21
岁去北大荒插队，我一直住在那里。那里占地两亩，三重院落，
有二道门、影壁和建会馆时所立的石碑。我家老屋如今住着一
位北漂的年轻画家，俯窗看满墙挂满他画的国画。

粤东会馆忆旧三首

一

天近中秋身近老，
谁知六十尽沧桑。
粤东会馆人辞日，
塞北柴达雁度霜。
路远不堪伤泪水，
情深全仗热心肠。
焚香拜月惟一盼，
把酒临风期菊黄。

注：文革期间，我和弟弟告别粤东会馆的家，分别去了东北和西北，
天远地远，相见时难别亦难。

别家少壮远征尘，
父母凄然立院门。
残火窑砖赎旧罪，
碎棉帘布悔归人。
遣愁药酒深成浅，
馈我花生夏待春。
犹忆观红灯记后，
广和楼外雪纷纷。

注："文革"时父亲曾劳动改造去烧砖。我第一次探亲回家看见门帘是母亲用碎破布缝缀而成。那时候每年每家供应2两瓜子半斤花生，父母舍不得吃，留到我和弟弟探亲回家拿出来时，瓜子花生都已经哈喇味了。

三

秋阳暖照满屋明，

同忆儿时几许情。

灶下挖金铜且土，

院中扑枣紫还青。

谁读书老孔夫子，

独挂壁寒郎世宁。

最忆那年看电影，

白山一记耳光清。

注：拆我家灶台时发现金灿灿的东西，父亲以为是金条，其实是黄铜，当年主人为求吉利而埋下。粤东会馆有三株前清老枣树，如今被砍掉。我家墙壁上曾挂有郎世宁画的狗，困难时期被父亲拿到当铺当掉了。童年，弟弟要我和他一起看电影，匆匆赶去，路上问他电影名字，他说叫《白山》，说着轻轻扇我一记耳光得意跑走。

2004 年至 2006 年写于北京城南

丁亥即兴

退休自得兼寄诸友

退休无所事，
一觉醒天然。
游泳乘风去，
遛弯踏月还。
敲些碎文字，
挣点零花钱。
偶尔涂鸦画，
生宣就墨研。

退休四题

一

云闲日自迟，
树老叶疏枝。
草具留人酒，
闲吟寄友诗。
书行随梦变，
魂枕伴风驰。
又舞一支笔，
梵高是我师。

二

临风喜泛舟，
把酒便登楼。
莫叹冯唐老，
谁吟宋玉秋。
泥中香洗藕，
浪里雨飞鸥。
夜半闲听雪，
犹能壮远游。

三

青春何处老，
浮世梦婆娑。
繁事皆过眼，
闲人自放歌。
门空犹雀少，
岁晚且诗多。
日暮天将雪，
独盏吟太和。

四

日落情难已，
随心所欲时。
月明思旧事，
梅放赋新诗。
梦断风中遇，
人来马上辞。
天外云自闲，
归雁落残枝。

赠友两首

一

人生如转蓬，
世事尽飘零。
乌夜焉知在，
青波且作行。
诗闲少商隐，
心适有渊明。
万水千山后，
风吹草又鸣。

二

人生似梦过，
世事两茫然。
玉树歌朝露，
铜盘泣暮年。
也曾花蝶恋，
终未鹊桥仙。
老友惟常在，
双双鬓发斑。

本命年自题

一

风吹昨夜雪，
书伴满杯茶。
诗和今宵韵，
灯开旧日花。
群芳含梦落，
幽草带情发。
往事言难尽，
推窗月正斜。

本命年叹

惊心高速上，
命里尽沧桑。
风马牛福祸，
霜花草暖凉。
断桥无意远，
疏雨有情长。
大难身犹在，
诗多梦里香。

注：今年是我本命年，大年初一竟然在京津塘高速上遇车祸，在天坛医院住院四个多月。想起17年前一位半仙为我卜命，说我命中将会有一车祸。17年后应验，不禁唏嘘。

2007 年岁末于北京

无　题

岁月匆匆最不禁，
不知六十走而今。
浮生可以悲苍发，
流水由来暗暮春。
四季少花寒夜色，
一生多梦动芳心。
茫茫不问来时路，
雨急风狂雪正深。

2007 年岁末于北京落雪中

戊子短吟

步俊戍原韵《赠友人》

前尘往事未能忘，
日落楼前晚雾黄。
取醉他乡思旧事，
相逢故里奏新章。
流年赖友知寒暖，
浮世随风任度量。
最忆天坛医院里，
深情似海又如江。

2008 年春于北京

注：俊戍，我中学同班同学。插队时，买手表困难，他凌晨去前门
表店排队，为我买了一块英格牌的瑞士手表。我因伤住院最初
危险的日子里，他陪伴我整整一天一夜，深情厚谊难忘。

会上偶得

冰消雪化柳青青，
尽洒心情绿意中。
小草书成观逝水，
长空画断望悲鸿。
清茶一道诗中月，
浊酒三盅梦里风。
莫道远山歧路乱，
笔轻墨淡是云峰。

2008 年夏日草于会上

杂 感

早有古章训，
尚忧征在今。
故人新酒旧，
归雁旧巢新。
梦里风霜在，
诗中草木深。
无情曾有恨，
剑胆与琴心。

赠　友

长亭欢宴后，
聚散远江湖。
花落犹能放，
鱼沉自可浮。
裁云多避祸，
栽竹只求娱。
多少平生意，
冰心在玉壶。

在老傅家论诗

凭空诗兴起，
年老气犹殊。
疑义辩今古，
句词争有无。
点朱宗白雪，
品酒向红炉。
都说颜色好，
脸红脖子粗。

忆起菠菜宴和疙瘩汤呈思本

婚宴做成菠菜宴，
堆盘却也自来香。
念昔深记云天远，
思本重归日月长。
无虑无忧无大碍，
有福有女有小房。
四十余载相交老，
最忆疙瘩满碗汤。

注：思本，我的中学同学，一起到的北大荒，又一起回到北京当老
师。刚回北京的时候，苦闷的我们常常一起彻夜深谈，排遣孤
独和忧愁，他到我家，我做满满一锅疙瘩汤，两人抱锅全部喝
完。他和天津知青小房结婚的时候，当时生活不富裕，买肉买
鱼都要票证，我做主厨，做了一桌菠菜宴，吃得众人脸都绿了。
只因为那时正是五月菠菜上市的时候，菠菜最便宜。

答 再 生

难忘长街暖夜时，
单车前后影双驰。
花香绕树逢春早，
月色沾衣遇雨迟。
兰指满盘新韭饺，
梅林一曲旧歌词。
至今犹记缠绵意，
笑眼微眯唱若痴。

2008 年冬日于北京

注： 再生是我同在大兴岛二队的插友，他是 1965 年去北大荒的老知青。我返城后，他转插白洋淀后曲线回京，一时待业在家。那时，我在郊区一所中学里教书，他常在我下班后直奔我家，聊天叙旧，排遣心事。他特别会包饺子，擀的皮又薄又圆，常常是边擀皮边翘起兰花指，情不自禁地唱起《嘎达梅林》，极尽缠绵之意，与他健壮的身姿不相衬，样子十分可爱。吃完晚饭，我骑车送他回家，一路闲聊，一直快要骑到他家时才依依分手。前些天，再生用手机发我一短信，说"我十一搬家，偶见一日记上有我写的一首打油：长街叹星空，倾心夜伴灯，华年似流水，至今思复兴。"往昔立刻在诗中复活，曾经庸常忙碌琐碎乃至痛苦的日子，有了诗的浸润，也变得美好了起来。

赠 老 友

年少曾经同命运，

三江寒水对萧森。

新蜂喧闹虽分蜜，

旧燕呢喃却养心。

世事不嫌春已老，

天真偏觉海常新。

沧桑纵使青春去，

一曲犹为白发吟。

2008 年岁末于北京

注：三江乃北大荒的松花江、黑龙江和乌苏里江。

元旦呈诸友

往事心间动，
风吹岁暮寒。
一帘红雨尽，
万里白帆还。
雪后茶同饮，
雨前山共看。
春花惟愿放，
灿烂报新年。

2009 年元旦

元旦夜雪奉故人

雪送好时辰，
花迎戊子春。
未应霜独洁，
聊与梦同真。
史读陈年事，
月看今日人。
新诗初试韵，
老酒为君温。

2009 年 1 月 2 日于北京

注：陈寅恪诗句：读史早知今日事，看花犹似去年人。

老傅病重感怀以赠

年半才将见，
难禁泪怆然。
树衰枝少叶，
年迈肺多痰。
问病遵医嘱，
宽家记药言。
病除心最重，
指指十相连。

2009年春节前

注：老傅，中学同班同学，到内蒙察右中旗插队。心灵手巧，能诗会
画。我到北大荒前，他手制一鲁迅木刻浮雕送我。我到北大荒七
星农场大兴分场后，曾信中寄他一只硕大的蚊子，他写诗赠我，
有一联："风吹遥想三江雪，蚊咬更念七星人。"后到内蒙，又有
《望江南》词寄我："阴山青，人在天正中。白昼太远夜太近，不
知该采哪颗星，归时捎与兄？"兄弟情谊，至今未忘。
牛年一日半夜突然犯病，幸亏他家老狗发现了他急促的喘息声，
连连呼叫，把家人叫醒，呼来急救车送往医院，大夫说再晚一
会儿便没命了。

探 望 老 傅

一己垂垂老，
得得水尽流。
酒平诗尽瘦，
药涨病堪忧。
白发青山在，
残花落日秋。
春风虽未远，
留得未能留？

2009 年春节前夕于北京

注：首联用唐诗"一瓶一钵垂垂老，千山千水得得来"之意。

己 丑 游 思

牛年自题

为报好光景，
新春踏雪行。
前年先祛病，
今岁欲添丁。
心阔诗犹多，
天清月自明。
一帆虽尚远，
万里正风轻。

2009 年春节过后于北京

南京遇丽宏

金陵遇丽宏，
相会说达成。
上海新知忆，
南京旧雨情。
青春消白雪，
旧事入苍溟。
小铁当年小，
童诗诵不停。

注：1984年春天在上海第一次见到赵丽宏和罗达成。那时，小铁还
不到五岁，给他们背诵普希金的《渔夫和金鱼的故事》，至今他
们还说起。

2009 年春于南京

南京看阳光卫视采访遇罗克弟有感两首

一

出身一纸论，
泪洒几多人。
天暗云惊雨，
笔沉心动神。
沉吟蝶成蛹，
长恨命为尘。
难遇遇罗克，
清明归远魂。

二

问君孰记得，
苦雨那年多？
一曲何满子，
几声罗克哥。
冤魂悲日月，
断梦哭山河。
酒绿灯红处，
卡拉正对歌。

2009 年春于南京

法国游思八首

普罗旺斯春行

一路驱车千万里，

青山碧水紧相随。

迎风泼墨薰衣草，

挥笔飘金向日葵。

戛纳城歌红酒醉，

尼斯夜舞紫薇飞。

惊鸿一瞥圣托贝，

天海茫茫白鹭归。

注：牛年五月，老友八人，均北大荒荒友，同游法国，租了一辆中巴，一路南下，直抵摩纳哥，十分难得。圣托贝，是靠近戛纳不远的一座美丽的海滨小城。

奥尔良访贞德故居

半是阴云半是晴，
为寻故事绕全城。
老屋两座藤攀绿，
旧地一片花映红。
策马为民犹赴死，
焚身仗剑不辞行。
小楼昨夜听春雨，
满街争传圣女名。

拉伯雷故居归来路上偶思

遍地金黄向日葵，
拉伯雷醉夜光杯。
希农河上飞轻雾，
莫奈桥头映落晖。
米勒与谁拾谷穗，
梵高共我品咖啡。
断桥阿卫尼翁上，
伤怀念远归不归？

诺曼底雾中归来

落日才离诺曼底，
铺天盖地雾深埋。
车如战舰排天涌，
夜似奇兵破浪开。
露重烟寒人缥缈，
花残香断路徘徊。
不知今夕是何夕，
莫是盟军欲又来？

巴黎感怀

五月重游法兰西，
一天看遍满巴黎。
老区怀旧残星冷，
左岸伤今细雨凄。
塞纳河寻凡尔赛，
卢浮宫会达芬奇。
铁门水畔惊心锁，
圣母花园血入泥。

注：巴黎圣母院后面，有一座下沉式名叫死难纪念馆的建筑，阴暗
而低矮，原是石头筑的黑暗牢房。这里紧靠塞纳河，是当时法
西斯关押犹太人的转运站，经这里坐船被送进集中营。

塞纳河夜游咏叹

巴黎古迹满街稠，

旅客如织尽兴游。

塞纳河曾浮血水，

协和场是断人头。

疯狂已就忧堪患，

浪漫无端乐忘愁。

苦雨腥风消散尽，

灯红酒绿夜扬舟。

注：这里所指的是 1793 年法国资产阶级大革命以及之后一段岁月的崇尚暴力的风云动荡的历史。

孚日广场访雨果故居

只因曾记九三年，

孚日落霞寻旧贤。

云忆郭文英气叹，

雾知城武血光寒。

暴行且使头垂地，

革命焉能鬼作仙。

石断不存巴士底，

夕晖犹照艳阳天。

注：《九三年》，是雨果最后一部长篇小说，1971 年，我第一次读，印象颇深。当年的巴士底监狱已经片石不存，如今的广场上，只有一座 52 米高的塑像。郭文是《九三年》中最令人神往的主要人物。

枫丹白露游完晚餐

枫丹白露一游狂，

小弟在家厨下忙。

但见他乡烧酒热，

岂知异国炒肝香。

汁鲜浆美浓如蜜，

蒜白葱青细似霜。

啖尽两盅馋未解，

又添半锅辣酸汤。

注：从枫丹白露游玩回来，晚餐是小江弟弟特地为我们做的北京炒肝和
酸辣汤。异国他乡吃到正宗北京风味的东西，大家无比兴奋。

2009 年 5 月记于法国

遥寄小江

清晨踏雾过拉丁，

江姐店前伤此情。

新主早为从日货，

旧窗曾是待霜星。

起家白手滴滴泪，

转死回生夜夜风。

老友他乡难此遇，

山长水远一杯中。

2009 年 7 月于北京

注：小江，柬埔寨华侨，插队北大荒时曾经和我同在大兴岛二队。只因身为华侨，有海外关系，多受不公待遇，后含泪离开北大荒，先到香港，后居法国。粉碎四人帮，重新恢复高考，考中央戏剧学院，复试作文题目《重逢》，我便是以她的遭遇为题材而写的小说，得以入学。2009 年春天，我去法国真的和她重逢，得知她与丈夫在海外一起的艰辛而执着的打拼。前年，她在巴黎拉丁区的店铺被小偷洗劫一空，损失了几乎全部家当，但他们两口子不灰心，不气馁，从头再来。那一天，她和她的丈夫特意领我到她原来的店铺看看，小店已经转为专卖日货的商店。

闻孙儿降生即兴两首

一

夜来如梦令，
晨起满庭花。
元是孙儿至，
普林斯顿家。

二

大雪昨天到，
今朝小易来。
他乡有明月，
代我入孙怀。

2009 年 11 月 3 日于北京雪后

冬夜偶得

代谢人间事，
生生命定之。
相约春到日，
自待雪融时。
但取香盈袖，
且看果满枝。
呱呱啼与笑，
处处尽成诗。

2009 年 12 月 3 日肖易满月

读肖铁导师所赠《伊萨卡》

殷殷心与寄，
乳燕啄香泥。
梦落伊萨卡，
花开新月迷。
长歌且成赋，
乌夜漫为啼。
桃李春风路，
草亲牛小蹄。

2010 年元旦于北京

注：《伊萨卡》是希腊诗人 Constantine P. Cavafy 的一本诗集。肖铁在芝加哥大学导师保拉教授赠给他孩子的出生礼物。

冬日偶忆三首

一

寒冬偏忆暖春时，
一夜花开树满枝。
闹市梦回谁可记，
病床人去我犹知。
楚歌弦散云归早，
班扇风迷雨落迟。
天外不传青鸟信，
少年无字却成诗。

注：白居易诗：坐罢楚弦曲，起吟班扇诗。

二

酴醿开罢又辛夷，
落去彗星牛斗移。
梦远醉时多怅惘，
路长愁处少逶迤。
春风若在从幽草，
秋水如存可锦葵。
咫尺天涯迷雾在，
孤心独影步离离。

三

满地飞花恨自成，
冬来晚景倍伤情。
已寒昨夜云遮月，
更远今朝叶落英。
苦雨不容留断忆，
残棋犹赖对空枰。
风清酒薄吹还醒，
鱼乱书哀梦易惊。

和老朱弄博

春去弄博言旧事，
老来趁雨补新瓜。
壶中暖酒云间鹤，
网上题诗梦里花。

2009 年夏于北京

～注：老朱是我中学同班同学，同一列火车到北大荒，又同在一队，
形影不离，常常有人把我们俩弄混而认错。如此相濡以沫，风
雨同舟，至今已近五十年了。可以说，没有一个人能够如他一
样和我相交这样长时间的了。老朱曾经感慨的对我说："就是自
己的父母都没有我们两人在一起的时间这样长。"退休之后，老
朱网上新开博客，异常热闹，北大荒诸友都常到他博客上小坐，
昔日重现网上，往事兜上心头，相互交往，不亦乐乎。

【附】老朱诗
一窗小景收冬夏，
半片闲田种豆瓜。
欲会友朋登博客，
扑来音讯眼迷花。

汇文忆旧

汇文犹有未文时，
八月疯狂斗老师。
头剃阴阳风雨忆，
书烧今古地天知。
鬓随半世霜飞雪，
树伴一生花累枝。
浊酒清茶怀旧事，
鹤闲松老细吟诗。

注：我在汇文中学读书六年，高三毕业，正赶上"文化大革命"，又在学校待了两年。"文化大革命"中，学校红卫兵疯狂批斗老师，校长高万春被逼坠楼身亡。

赠 老 鲁

人生草木秋，
转眼白谁头。
今日万航渡，
当年一叶舟。
烟花三水路，
风雪七星洲。
犹自思老鲁，
黄浦江旧流。

注：鲁，鲁秀珍，《北方文学》副总编。当年，她从哈尔滨到北大荒。风雪飘飘过七星河找到我，看中我写的一篇散文《照相》，1972 年经她手发表在《北方文学》复刊第一期。那是我的处女作。万航路，是她退休后在上海家所在的地名。

读赵瑜《寻找黛莉》

世乱乱如棋，
人生似戏迷。
酒阑人换世，
醉醒海成溪。
梦笔寻黛莉，
生花看赵瑜。
沧桑多少事，
尽在信中题。

立三长兄七十寿

浪淘沙砾尽，
风起雾霾清。
看剑心犹壮，
观书眼愈明。
纵存千场醉，
且有一腔情。
七秩文章在，
依然论纵横。

2009 年 11 月于北京

注：冯立三，文艺评论家，我在《小说选刊》时，他是总编辑。

牛年纪事（五首）

一

房价谁操纵，
牛年步步高。
捂盘唯恐后，
排号不辞劳。
泡沫千堆雪，
地王万丈豪。
官商巨无霸，
抢掠赤条条。

二

牛年牛事多，
草长乱花迷。
打黑足坛啸，
唱红重庆啼。
桥粘粘以鳔，
楼脆脆如泥。
更有新闻说，
断指因钓鱼。

三

处处牛人跑，
黄花遍地黄。
开胸因验肺，
焚死为拆房。
季老盗初破，
侯门案半尝。
三枪老谋子，
一笑小沈阳。

注：季羡林家藏书画被盗案，侯耀文的遗产争夺案。
"三枪" 指张艺谋的电影《三枪拍案惊奇》。

四

牛年贫富大，
灯火几家明。
房价惊心问，
钱银入手零。
朱门看艳舞，
黑市问哀情。
钱可从天问，
谁犹带血腥。

五

回首牛年望，
甲流四处行。
蜗居房闹事，
潜伏剧迷情。
上市争少林，
归门夺高陵。
千元一门票，
不止火张丁。

2010 年 1 月底于北京

注：《蜗居》和《潜伏》均为牛年热门电视连续剧。

冬日读书示友人

寒气袭人透紫衣，
晨看老舍夜孙犁。
同堂四世京都味，
远水一方芦苇堤。
把酒品诗评断句，
开轩论道对残棋。
长风难解书中意，
吹乱星河梦里迷。

悼 成 东

人生似水去无波，
长恨悲吟奈若何。
不信霜雪梅早谢，
谁教风雨命先磨。
爽情去后犹能想，
旧忆来时岂可歌。
虽未与君谋半面，
思怀却是一般多。

2010 年 1 月 27 日夜写于北京

注：张成东，齐鲁晚报的编辑，去世时年仅 46 岁。

虎年春节前即兴

匆匆又到一节春，
牛虎相交斗岁新。
梅动已非昔日味，
影摇犹忆去年人。
烟花先试吉祥意，
夜影总销寂寞魂。
饮尽半坛黄酒后，
酒深心重意沉沉。

2010 年春节到来之前

无　题

不觉百思偏杳然，
心伤兄弟各云烟。
年轻命运且相象，
归老性情终异天。
念我无时只语至，
将心几日一书牵。
是灰比土虽然热，
见面如何病榻前。

除夕之夜

给姐姐打完电话去医院看望复华。

除夕忽闻大姐声，
居然残喘暗神惊。
同心岂敢连愁涌，
兼药如何带病生。
有鬼钟馗浑未觉，
无情爆竹自犹鸣。
谁家欢聚看春晚，
医院我来寒似冰。

虎年除夕

岁岁年年意不同，
奈何除夕泪蒙蒙。
虽无郑重浓茶绿，
但有缠绵爆竹红。
梅祈腊风梅事里，
寺怜春祷寺香中。
病房同煮清水饺，
窗外烟花正满空。

2010 年虎年除夕夜

注：梅事，即没事，平安之心愿也。

无题六首

一

气躁心浮天欲病，
云疏雨渺日发飙。
不堪沉重人心弱，
无奈喧嚣世事焦。
爆炒文章什样锦，
热销官府九龙袍。
红包会议逍遥夜，
洗脚泡妞全报销。

二

浮华只爱人民币，
鹰隼偏知嗜血毛。
自古贪官藏美女，
从来富贾取民膏。
豪宅正是成颇杂，
恶木那堪剪更高。
谁挽江河随日下，
钱塘潮不抵钱潮。

三

卖地府衙胆气飚，
拆迁百姓怨滔滔。
越拆越去市区远，
多卖多提政绩高。
济富劫贫从大款，
分钱坐地走官豪。
　唯此为大 GDP，
一路乘风上九霄。

四

浮生世相乱鸦涂，
挤乳装偕绿制服。
明码价收多或少，
潜规则道有和无。
指驴为马蛇吞象，
画饼充饥鬼画符。
暗渡陈仓成大道，
吃喝嫖赌谓新俗。

五

小品粉丝潮漫堤，
相声冲作烂滩泥。
离经叛道看今日，
借水行船赖往昔。
应悔农夫蛇被咬，
犹耻林虎犬为欺。
香酥鸡坐凤凰位，
百鸟争朝一阵啼。

六

瘦肉精成白骨精，
猪八戒现害人形。
昧钱只为鬼推磨，
夺命岂关天谴名。
有恃前仆犹梦醉，
无良后继不心惊。
还魂三鹿看双汇，
三聚氰胺一路行。

2010 年初写于北京

庚寅感事

新春自题

闲居况味问今因，
乱处谁能寄此身。
万物只知趋世俗，
一生犹可赖良心。
翰林多是起华盖，
沧海少为藏细鳞。
梅放春前开得艳，
虎吟雪后动高岑。

2010 年春节于北京

虎年迎春和玺璋

诗随爆竹迎春到，
老却人心两鬓毛。
不为风追飞柳絮，
只缘笔动涌江潮。
总舒襟抱情托世，
还愧赋章钱坠腰。
鲁迅难抵周迅美，
黄金更比巴金高。

【附】解玺璋原诗
迎春花炮已喧嚣，
岁月催人老鬓毛。
愧不直言行枉道，
羞称走笔敢弄潮。
国事张扬夸虎气，
民生无奈负牛腰。
逢人便问新年好，
梦里心潮逐浪高。

老傅八枚印章赠八友有感

喜收篆印舞春阳，

最爱花开吐旧芳。

野鹤听琴吟汉赋，

闲云弄日颂唐章。

水能解语分深浅，

石可存言辨紫黄。

共我一张如雪纸，

八章八瓣腊梅香。

2010 年 4 月初春于北京

注：新春伊始，老傅专门从天津杨柳青刻得八枚印章，赠送八位
老友。

怀韩宗尧老师

往事长怀五十秋，

韩师驾鹤作西游。

汇文从教春分眼，

聚武捶批雪降头。

人老腿伤神动意，

天高云断雁牵愁。

一幅我画先生像，

深水无声百里流。

2010 年 7 月 29 日于美国普林斯顿

注：惊闻韩老师仙逝，立刻想起 1963 年，我初三作文《一幅画像》，在北京市少年儿童作文比赛中获奖，作文写的是韩老师，当时韩老师教我几何，距今已整五十年矣。"文革"时，韩老师曾遭学生批斗，晚年腿折皈依宗教。

读书三记

燕祥《别了》读后

半世风烟付逝川，
一书览罢夜阑珊。
不堪斜日遭劫日，
无奈余寒涉水寒。
忆在心中伤近史，
言超象外叹长天。
几人别后思前梦，
歌舞朱门自管弦。

【附】邵燕祥《步肖复兴兄原韵打油一首》

愧充龙套感当年，
曾记开门红挑帘。
如此可憎虚打扮，
至今已觉不新鲜。(赵翼原句)
本应民意高于党，
偏于宦权大过天。
哀莫甚焉心不死，
无多幻想要全删。(二句聂诗)

史景迁《天安门》读后

天安门里几沧桑，
故国而今菊正黄。
慷慨曾经血成碧，
悲凉犹始草为霜。
有时颠倒言红白，
无路从容辨短长。
礼炮哪如高射炮，
谁喜舌剑与唇枪。

《我和章含之离婚前后》读后

霜雪满头言旧事，
花难成果柳难荫。
青萍风起知寒暖，
红海情失觉苦辛。
福祸难磨侠客剑，
升沉易改美人心。
从来浮世多歧路，
零落豪门怨恨姻。

2010 年 9 月于普林斯顿

2010 年 9 月 11 日纽约口占

纽约正遇九一一，
世贸人围浪涌潮。
旗下半杆情未已，
星垂满夜命难招。
冲天怒语云悲切，
匝树哀歌鸟寂寥。
武警车多藏短巷，
风萧萧也月萧萧。

2010 年 9 月 11 日晚于纽约

新泽西忆丽宏

旧友谁怜我，

平生只丽宏。

母归长信重，

雁去故情浓。

天暖云知雨，

林寒叶引风。

同游来夜梦，

醒对烛花红。

2010 年 9 月于普林斯顿

【附】丽宏和诗

相知你和我，天涯共恢宏。

黑土寄情重，绿岛追梦浓。

回首万里雨，抬眼一缕风。

莫道年华老，最美夕阳红。

旅美远寄

五月相隔万里洋，

叹息世事尽沧桑。

异乡百草芽初绿，

故里一花枝渐黄。

唯盼诗浓来药少，

犹期病减度春长。

人生苦短君须记，

健朗为福要细量。

2010 年 10 月于普林斯顿

来美半年离别即兴

梨花似雪到时稠，
去日萧萧叶正秋。
林鸟不知何处落，
园蔬犹见几回收。
新儿学步啼为笑，
旧事惊心梦作舟。
天远相隔千万里，
一声雁叫破乡愁。

2010 年 10 月于普林斯顿

新泽西杂兴八首

一

春来四月在泽西，
细雨轻风雾色奇。
初放玉兰香走远，
将开连翘鸟着迷。
狐泉梦里寻狐影，
鹿溪尘中觅鹿蹄。
旧事如烟飘散去，
云深谁忆路崎岖。

注：狐泉、鹿溪，皆社区名，当年有作家友人曾经居住在此，如今
已经人去楼空。

二

烽火爱因斯坦日，
普林斯顿落花时。
梦为相对诗成史，
书对春秋史作诗。
别后古城留旧影，
春来老树露新枝。
冰激凌店粉丝多，
木椅当年坐大师。

注：“二战”期间爱因斯坦曾在普林斯顿大学，大学旁有家冰激凌
店，爱因斯坦常去，如今慕名前往这家店的游人颇多。

三

费城绿女与红男，
正值芳菲四月天。
独立钟鸣晨色里，
别针塑雕晚霞间。
德彪西奏诗中海，
雷诺阿描梦里烟。
满城争挂樱字旗，
樱花已散落风前。

注：别针雕塑立在费城市中心。我去费城那日，为看雷诺阿画展，
费城交响乐大厅正演奏德彪西的《大海》。而每年一度费城樱花
节已近尾声。

四

一幢红房映日光，
平原堡内有书香。
阶登四季上金殿，
籍带九霄通玉皇。
老叟能听秋后事，
儿郎欲说月中霜。
架间竟摆吾新著，
谁借回家读断章。

注：平原堡是社区名，这里有一家新建的社区图书馆，内有中文图书，存放有我几本图书。

五

小店咖啡字号新，
亦磨岁月亦磨人。
莫愁秋叶花追影，
无奈寒山雾弄身。
梦海珠圆应玉润，
江天雨骤自风沉。
人生易老天涯远，
不品不知滋味深。

注：平原堡社区前有一家咖啡馆名字叫"磨"。

六

一夜城中天转暖，

春装脱去换单衫。

香轻可借花为媒，

风软聊吹柳作绵。

曲径虹霓迷小店，

幽怀情侣醉星天。

别存几处铺名好，

天晕紧邻红绿蓝。

注：天晕、红绿蓝，皆为普林斯顿古镇上的店名。

七

并非故地却相熟，
绿满校园春色稠。
碧草独来缘小径，
青藤相伴上高楼。
硝烟重把他年忆，
风雨新成此日游。
细雾微云夕阳里，
暮钟声碎荡悠悠。

注：普林斯顿大学有一幢老楼，为美国独立战争时华盛顿的司令部。

八

新新希望在宾州，

纽后普邀人畅游。

两界河分花草盛，

四周店列画廊幽。

追风豆蔻随蜂去，

戏水鸳鸯伴梦流。

酒窖酒楼楼上下，

火车站是百年留。

注：纽后普（New Hope），又译为新希望小镇。

2010 年 4 月至 10 月写毕于新泽西

悼毕高修

山长水远送高修，

人醉酒温天正秋。

叶派歌伶名满世，

毕家书画韵盈楼。

梦来可作丝中绣，

魂去能追戏里舟。

落木萧萧君莫叹，

随风已上九霄头。

2010 年冬于北京

注：毕高修先生，工小生，是叶盛兰叶派的高徒，也是我中学同学
来可绣的爱人。其父毕基初，在 20 世纪三四十年代，是北平著
名的作家，当时与曹禺齐名。

《柴达木琐忆》读后致曹随义先生

偏忆石油戈壁流，
青春早寄海西州。
拉条一碗半瓶酒，
风雨满天千里舟。
旧事诗中茫崖暖，
新笺韵里冷湖悠。
纸间赤子书生意，
梦落夜开花土沟。

2010 年 11 月 4 日于北京

注：茫崖，冷湖，海西州，花土沟，均为柴达木地名。

国文老师八十寿

鹤闲松老逢八十，

言汉说唐论世时。

万事任从身外闹，

百年聊作梦中诗。

研朱尔雅春秋笔，

展卷离骚雪雨枝。

弄火丹炉心自暖，

弥勒肚内尽神思。

2010 年末于北京

病中吟草赠复华（七首）

一

医院看复华归来读放翁诗句"开尽梅花病不知"而感

雾重云低天欲雪，
病房人近怯心持。
风满冬夜寒无寐，
开尽梅花病不知。
灯暗但求归旧邸，
树枯何必去残枝。
浮生万事都经历，
惟盼回黄转绿时。

2010 年元旦于北京

二

元月二十八日得知复华病情结果

不曾富贵不曾穷，
谁料病灾接踵生。
岂有猪头遇车祸，
即看牛尾损喉咙。
酒烟未必应成恨，
世事如何已落空。
转眼立春节气到，
心思柳绿又花红。

2010 年 1 月 28 日北京

三

复华手术前夜翻书得放翁咏梅诗"洗妆真态更婵娟"中"洗"字，第二天二月三日手术成功

洗字卜来费细猜，
亦须先洗病和灾。
红尘何必行将老，
幽魂谁使去欲来。
曾是心仇烟酒铺，
果然天佑手术台。
诗中尚有婵娟意，
伴雪梅花为我开。

2010 年 2 月北京

四

复华出院再接再厉渡过最后难关

病房三月半余多，

生死闯关心若何。

腊雪不伤杨柳树，

春花犹唱太和歌。

人生自古多磨难，

天意何曾少坎坷。

路远天长终有尽，

暖风伴你渡烟波。

2010 年 5 月春末美国新泽西

【附】复华和诗

三九已过过立春，病房内外雪缤纷。

针如苦雨锥刺股，药似寒风雾压云。

天磨不死真好汉，气通无语太平人。

阑珊窗外事已去，心里扬帆过百村。

五

闻复华查出新疾且重，夜翻杜诗得"忆在潼关诗兴多"中"在"字。不解其意，吟得几句，聊以遣怀。时在美国新泽西，天远地远矣。

病与人忧愁亦在，
几番思绪乱心涡。
已知经雪开新地，
未料成疾轧旧疴。
繁蕊也难留梦久，
枯枝更易惹风多。
长天东望无情碧，
如梦浮生奈若何。

2010 年 8 月 3 日美国

六

得知复华下周一住健宫医院手术，翻书得杜甫"今日西京掾，多除南省郎"中"除"字，是个吉兆，不禁心慰。夜诗远赠复华，遥以祈福。

健宫手术见功成，
除却病灾除去惊。
聚散青春不得已，
苦辛白发必须经。
天清自减云遮月，
心定相多鸟乘风。
万里夜空星宿在，
伴君伴我一般明。

2010 年 8 月 5 日夜于美国新泽西

七

复华出院回家，得杜诗"自古求忠孝，名家信有之"中"家"字，寄复华和周宏。加油，坚持！

晴空出院落绮霞，

暑去秋来又返家。

青海梦中存雪水，

白云佛里感袈裟。

高空总会飘阴雨，

来岁还期赏好花。

路远只须心作伴，

天能助你复光华。

2010 年 9 月 6 日于美国新泽西

【附】复华和诗

日落西山化彩霞，月临燕丹好回家。

梦中奔涌江河水，眼里翻飞戈壁沙。

再见秋来连阴雨，又约春到百合花。

六十甲子重生命，天佑赤子我复华。

2010 年岁末整理于北京

示孙小集（二十四首）

半周岁即兴

一朝春入夏，
半岁正骄阳。
两磅增体重，
三餐助辅粮。
脚摇接地气，
心静嗅天香。
艳遇四岁女，
泪流惊几行。

新春同游纽后普

宾州纽后普，
乐在祖孙游。
古镇春情动，
老车蒸汽浮。
徜徉食引鸟，
宛转画登楼。
剧场空河岸，
樱桃落满头。

芝加哥归来

春去芝加哥，
飞机入浩波。
远行亲诸友，
壮游览山河。
车里最能睡，
路中偏爱歌。
归来发了热，
药苦也须喝。

患得风疹有感

迎风风疹得，
内火遇虚寒。
红雨疏额头，
绯云密腹前。
求方查网页，
呼药问医单。
虽病四天去，
心惊犹未安。

初吃鳄梨

模样鳄梨怪，
祖孙初共尝。
皮坚黑手雷，
肉软绿心肠。
经眼颜色好，
到舌滋味长。
吃多拉也旺，
屎亦绿明光。

六个半月叫妈妈

空山飞乳燕，
啼唤叫妈妈。
润润双唇动，
轻轻一语发。
情牵亲靠母，
心落梦归家。
童稚听天籁，
争开朵朵花。

第一次剃头

七月首推头，
吱哇似宰猪。
紧推忙里哄，
乱撞闹中呼。
对镜犹相乐，
揽怀竟自哭。
一休哥一个，
圆圆亮秃秃。

金宝贝亲子活动中心

缤纷亲子梦，
金宝贝中行。
气泡飘幻梦，
木梯传笑声。
花开七彩伞，
歌起四时风。
乐坏慈悲母，
玩疯黑白童。

游摩索尔公园见萤火虫

携孙上翠微，

几度笑相随。

山静水深流，

夜明萤乱飞。

繁花清酒醉，

细草弱风吹。

仲夏真如梦，

游中乐忘归。

和印度一位老爷爷的友情

老少偶相逢，

印中湖畔情。

风花穿暖径，

雨燕掠凉亭。

佛像贴童脑，

心经指圣明。

爷爷归孟买，

空望草青青。

父母远游

父母远方游，
爷孙伴一周。
夜眠同入梦，
日玩共扬舟。
乘兴疯打闹，
尽情歌忘忧。
花开香半树，
笑绽月中楼。

童　心

春燕啄新泥，
秋枫紫欲啼。
雨檐滴自趣，
风树动相奇。
松鼠惊看叶，
瓢虫戏斗鸡。
童心无限美，
事事问多疑。

水　果

天生亲水果，

辨色再闻香。

智利梨初绿，

加州橘已黄。

蓝莓犹满把，

红柚及新尝。

最爱西瓜蜜，

吃红半腮帮。

九个月同游大西洋城

同游大西洋，

车堵赌城旁。

人小江湖阔，

世宽日月长。

凭栏不嫌远，

试水岂妨凉。

四海皆相似，

一帆长望乡。

十个月长牙

日日乳牙盼，
看看拱出乎。
枣花微似雪，
米粒小成珠。
十月迟犹在，
一颗少胜无。
咬时留印迹，
疼醒哭连呼。

十个半月孩子跌下床

四个大人在，
居然掉下床。
离身分秒后，
注目寸光旁。
小不知轻重，
老偏论短长。
哭声犹未去，
心痛黯神伤。

刚会说话时

人小心犹鬼，
别看话语微。
观鱼临水乐，
羡鸟抱枝飞。
叶落拈花笑，
云开弄月辉。
眼中常有话，
到底说将谁。

和家人过第一个中秋节

不想中秋雨，
未逢明月光。
故乡别万里，
新饼有双黄。
雁去今时远，
草枯来日香。
上元灯舞夜，
踏雪走儿郎。

检 查 身 体

例行去检查，
灿烂满园花。
尺上身高长，
磅中体重加。
详谈头露发，
细问口萌牙。
护士手真差，
扎针几乱扎。

半年厮守分别即兴

每忆在泽西，
长湖十里堤。
争爬春作画，
学步暮成蹊。
见树知寒暖，
听莺记笑啼。
半年忽似梦，
一夜草离离。

临别叮咛

半走犹将走，
一天新一天。
神牵风露重，
心动雪霜寒。
学步无须急，
烹蔬必要鲜。
临行密密写，
切记是安全。

第一次上幼儿园

万里思孙切，
五更来梦游。
笑闻抛媚眼，
戏想踏清秋。
爬亦追美女，
跳犹登画楼。
惟因洋保姆，
吃睡使人愁。

别 后 偶 感

自度催眠曲，
编歌小少爷。
一心从幼耍，
百课到头学。
风动观金麦，
枝摇识紫茄。
好奇看万物，
疑问问难绝。

注：我戏称孙子为小少爷，根据"小燕子，穿花衣，年年春天来这
里"的曲调，编了一首"小少爷之歌"，是每晚睡前唱给他的催
眠曲。

为肖易周岁生日作

读杜甫五排《宗武生日》，仿其意，步其韵。

转瞬深秋到，
去年此日生。
压身惟本事，
处世去浮名。
自古忠和孝，
从来志与情。
梦随江海远，
人对地天轻。
风暖雪犹化，
水寒潮不成。
长河千里走，
涓滴向心倾。

【附】杜甫《宗武生日》
小子何时见，高秋此日生。
自从都邑语，已伴老夫名。
诗是吾家事，人传世上情。
熟精文选理，休觅彩衣轻。
凋瘵筵初秩，欹斜坐不成。
流霞分片片，涓滴就徐倾。

2010年4月至11月于新泽西和北京

辛卯遣怀

兔年守岁

守岁欲鞭炮，
思人待水仙。
影封湖里月，
梦落雪中天。
或有哀衰草，
应无逝淡烟。
离骚吟自古，
惆怅又新年。

2011 年大年夜于北京

兔年大年夜赠友

寅年多遇虎，
卯日始逢仙。
梅放梦融雪，
燕鸣心祛寒。
观鱼犹碧池，
猎鹿且青山。
四季平安报，
花开月自圆。

2011 年大年夜于北京

元宵节遣怀

正逢十五雪纷纷，

不夜灯天锁我魂。

火树惟求驱病患，

银花只愿慰春神。

从今常作诗中乐，

而后无为药里亲。

滋味元宵别样咽，

老来谁惹弟兄心。

2011 年正月十五夜于北京

西安即兴

登临雁塔望天涯，
举目西安艳似霞。
未落未央宫后月，
长开长乐殿前花。
蓝田洞里云飞雨，
白鹿原中梦到家。
柳绿桃红春不尽，
满城争说贾平凹。

2011 年春于北京

赠淑兰大姐

逝者如斯四十年，
相逢念昔话依然。
学车单骑花杂树，
分别香蕉星满天。
水果犹甜沙子口，
风光偏暖颐和园。
只因那日同游去，
大姐青春我少年。

2011 年初春于北京

注：淑兰，老朱的姐姐。"文革"中学骑自行车用的大姐的车；送复华赴青海，大姐送的厄瓜多尔香蕉。当年从北大荒回家探亲，大姐到沙子口买的水果；曾一起同游颐和园，那时她尚未结婚。

《看剑堂诗草》读后赠王锋

览罢花开正满窗，
长安一卷水天长。
学诗韵后春秋意，
看剑堂前日夜光。
心事有时犹梦断，
乡关无处不神伤。
月明正好吟佳句，
风暖偏宜送远芳。

2011 年春于北京

惊闻日本九级超强地震

正是樱花欲绽颜，
忽闻地震动哀怜。
已伤海啸空核电，
更叹风冲早稻田。
源氏至今能悟语，
天灾从古最凋年。
招魂惟有存残梦，
人以何堪对自然。

2011 年春于北京

清明怀人（三首）

怀韩少华

病来霜落发如丝，
到老少华为我师。
万里悲伤难逐日，
百年离乱却逢时。
无痕秋水犹能忘，
有伴春山岂可思。
自古文人多寂寞，
一生君子总成诗。

怀史铁生

心惊岁末鸟惊枝，
月落乌啼谁可知。
病隙笔还从史记，
轮间气欲向楚辞。
伤怀我坐地坛夜，
感世君行天宇时。
雁断风高云不在，
山长水远尽相思。

怀 梅 朵

文汇月刊怀梅朵，

十年盛放叹如何。

倾情云阔将天扩，

尽兴心迷与水合。

朗月随风明醉月，

落帆带雪冻僵河。

而今能见几人许，

弦断难吟旧日歌。

2011 年清明前夕改毕于北京

注：梅朵，《文汇月刊》前主编。这是一本在 20 世纪八十年代影响
颇大的一本文学杂志。

光华兄自传读后以赠

几番风雨落书中，
旧忆穿心暗自惊。
一怒冲冠因早恋，
千言飞笔为新情。
老来谁记棋枰事，
闲去空思庙里僧。
莫唱挽歌悲楚曲，
烹茶夜火月华明。

2011 年 7 月 13 日于北京

注：1986 年写作的长篇小说《早恋》，在印刷厂印制中，因有人告
状而被停印。责编是北京十月文艺出版社的吴光华先生，找到
社长据理力争，因而得罪领导而屡被穿小鞋。吴光华新出的自
传《岁月·人生·挽歌》中，记录了这桩往事，读后十分感动。

7·23铁路大难感怀

谁使长天泪满襟，
雷鸣电闪雨沉沉。
两车脱轨人惊夜，
万箭穿心命断魂。
高速难追佛去庙，
庸官不惮鬼封坟。
上苍剑指知何处，
血溅成花转作春。

2011 年 7 月 26 日于北京

老朱手术住院赠老朱

卧病东方痛自吟，
六根钉进老腰身。
开荒百里飞镰重，
入囤三阶跳板沉。
凉炕冰心伤血脉，
烈阳灼骨损精神。
沧桑四十余年过，
还债青春不尽深。

2011 年仲夏于北京

注：老朱在北京东方医院腰椎手术，由六根合金钉锁住两根腰椎。

老朱出院见赠

三伏住院暗云低，

秋色窗前转眼迷。

暑去风凉烹紫蟹，

甘来气爽杖青藜。

友情总向伤中见，

心事常于病后齐。

聊慰浮生一时梦，

便邀金菊带诗题。

2011 年初秋于北京

辛亥革命百年感赋

百年辛亥百年篇，
风雨沧桑日月天。
碧血丹心魂似剑，
金瓯紫塞气如烟。
从来芳草留诗简，
自古英雄入史编。
一曲共和犹自唱，
梦回最忆是中山。

2011 年 10 月 10 日于北京

怀杨德华

临近中秋风送夏，
伤时感世忆德华。
曾观碧水涛头恶，
已度青冥斗柄斜。
雨唤云从天上梦，
书编心就纸间花。
思君独念茱萸处，
你在高原我在家。

2011 年中秋前夕于北京

注：杨德华，作家出版社副总编辑。1986 年，我的第一部长篇小说
《我们曾经相爱》，由他责编。临终前编辑了张炜的多卷本长篇
小说《你在高原》。

中秋和复华相聚

海角天涯始未休，
浮生已去不须求。
青春虚掷冷湖畔，
白首兀垂老树头。
破病谁人传古训，
消愁何处说来由。
药炉有火丹应在，
秋月来时玉露秋。

2011 年 9 月 12 日

无　题

飒飒离京志壮时，
流星大步笔留诗。
气爽血热心犹在，
年少身轻梦不知。
谁舞斜阳荒漠月，
我吟远水冷湖词。
青春断想缤纷处，
禅静佛空药是师。

2011 年中秋节后

王瑷东老师八十一岁寿贺

菊月花黄稻将熟，

飘香桂子满京都。

青春事业开八秩，

白发心情泛五湖。

露重竹能偏带笋，

秋深雁爱最将雏。

不言桃李成蹊径，

无限师生美画图。

2011 年国庆节于北京

和王锋 918 国耻日诗

虽有警钟鸣又鸣，

耳聋无奈不闻声。

揽财金谷贪为鬼，

旋舞朱门醉与笙。

心向谁人言远梦，

气从何处握长缨。

战时魔魇依然在，

狼子在坟恨在茔。

2011 年 9 月 18 日于北京

【附】王锋诗

惊心震耳笛长鸣，

知是人间肃杀声。

东国唯思开战衅，

神州最喜弄箫笙。

剧怜枯骨填沟壑，

空叹虎狼加冠缨。

媚外奴羊真狗辈，

正掀民屋作坟茔。

老毕周年致朱可绣

思君一年日，
冬雨漫天时。
梦曲仍萦耳，
心花未落枝。
寒山分水远，
暮鸟入云迟。
戏里吟还唱，
西皮散板知。

2011 年冬初于北京

寄内四首

一

又渡重洋会子雏，
天长水远木萧疏。
四时心系一天雨，
万里风翻两地书。
年老须餐粗蛋饭，
脂高宜取淡茶蔬。
且将思念飞成鸟，
夜夜三匝绕梦庐。

二

霜天万里草离离，
叶落空山暮雨啼。
情重事繁留意病，
路滑天暗小心泥。
千钟行酒独高枕，
四海浣花惟锦溪。
追梦萧萧风也去，
竟能一夜到泽西。

三

漫天冬雨落纷纷，

两地风景一样真。

枕上风寒怜好梦，

灶前火暖慰慈心。

夜深书重灯相近，

岁暮梅香月自亲。

且有联翩子孙至，

忘忧草伴你怡神。

四

跨海相别万里途，

怀人雁字寄江湖。

孤星缀夜花思月，

细事穿心露忆珠。

琴瑟相合歌伴乐，

春秋交汇史成书。

雁鸣云断今何处，

独念文君是相如。

2011 年冬日于北京

医院归来

归路步蹒跚，
心思病榻前。
时危天已老，
人瘦气先寒。
卜命疑周易，
伤情怯杜鹃。
今冬谁敢过，
举目雾和烟。

2011 年 11 月 3 日

看望复华归来

雾浓云欲雨，
扑面晚风凉。
骨痛心惊远，
身轻苦动长。
无情青海雪，
有恨白头霜。
天命高难问，
夜来暗自伤。

2011 年 11 月 15 日

梦　虎

夜半惊心门外虎，

三枪伤命气难存。

忍看病重深销骨，

端恐秋寒黯断魂。

佑我谁人呈妙药，

祛邪何处显真神。

醒来枕上无言泪，

梦去一天阴雨沉。

2011 年 11 月 21 日

放翁诗读后

　　心念复华，夜翻放翁诗，得"齿摇徐自定，发脱却重生"中"脱"字，或是真的解脱和超脱了。竟不成寐，联句成吟，步放翁原韵。

参禅心入定，
或许有来生。
魂向黄沙笑，
气从青海行。
佛陀添梦境，
莲座助诗盟。
只是回家远，
一天千里程。

2011 年 12 月 15 日夜

【附】放翁原诗
齿摇徐自定，发脱却重生。
意适簪花舞，身轻舍仗行。
僧招绝棋战，客让主诗盟。
尚欲潇湘去，烟帆不计程。

冬 至 感 怀

　　今天冬至，收到煜珊寄来的一组"兄弟诗"，汇集了老朱整理的这两年来大家与病中复华唱和之作，泪水立刻涌出。想起复华生前最后一首诗中说的："待到冬至心若定，我兄为我挡风寒。"朋友之间兄弟般的深情厚谊，在冬至这一日汇聚，为他遮挡风寒，伴他魂归故里。过了当金山，就是他的柴达木了。感怀成诗，不尽心意。

风吹冬至至燕丹，
数九从今夜夜寒。
水远情深帆挡雨，
云高友重月争天。
只求人醉胡杨下，
但愿花开钻塔前。
伤逝我知兄弟在，
相携直过当金山。

2011 年 12 月 22 日冬至夜

注：当金山，是从甘肃进入柴达木盆地必经之路，海拔三千余米。
当，读第四声。

闻宵铁的老二冬至之夜落生感怀

冬至新儿至，
当空月照时。
风息花满树，
叶落果盈枝。
逝水非无韵，
回眸自有诗。
轮回何命定，
谁动菩提思。

2011 年 12 月 23 日

地铁偶感

复华别后，今天整整一个月，却仍有坐地铁往返于医院和家中的感觉，凄然感伤而恍惚如梦。

> 一月匆匆远逝烟，
> 恍惚不觉泪依然。
> 神犹地铁心伤老，
> 魂已天堂夜恨寒。
> 常忆前尘凭梦到，
> 每思往事取诗看。
> 长书笔记柴达木，
> 执手还谈纸页间。

2011 年 12 月 28 日

注：《柴达木笔记》，复华生前写下的最后一本书。

放翁有诗：久别名山凭梦到，每思旧友取诗看。

岁末冬夜和老朱

今冬心最冷，

苦对死生同。

雪渚孤飞雁，

霜天远啸风。

流年哀逝水，

落木叹长空。

幸有梅花在，

寒犹满树丛。

2012 年 12 月 29 日

【附】老朱原诗

岁末最冰冷，寒从心底生。

星迷云浸月，鸦噪树摇风。

友病别离苦，魂销归去空。

明春天再暖，花绽少一丛。

读煜珊取回成书的《兄弟诗》

岁末月明时，
又看兄弟诗。
旧章裁作册，
新韵剪成枝。
雪雁白云渡，
玉山青水知。
天涯连碧草，
独夜满相思。

2012 年 1 月 11 日

哀弟诗六首

一

哀弟方才六十齐，
两年苦对病凄迷。
痛深秉笔书为药，
疾重焚香梦作医。
青海常思心易壮，
白须偶断气难低。
骨灰洒遍柴达木，
春日花开钻井机。

二

曾盼龙年待兔年，
相持共度腊冬寒。
奈何药不压灾日，
莫测风犹落叶天。
念友泪边书旧史，
思家诗里课新田。
病中每忆柴达木，
凭梦冷湖昨夜船。

三

节气适逢大雪寒，

迎风相聚在燕丹

追思花艳情先放，

寄语诗浓火欲燃。

作诔深知人共说，

招魂幸有梦相关。

灿然彩照墙间挂，

只是心难忍泪看。

四

青春已度乱离中，

万里如何又远行？

烈雪吹沙衣可暖，

寒炉弄火药还灵？

魂犹月照冷湖水，

心欲风临大漠城。

梦里拈花谁在笑，

幽幽清梵自天明。

五

偏逢元旦五七时，
月朗风清夜似丝。
酒忆杯空人已去，
纸烧烟满雾相思。
蹉跎谁向青春舞，
惆怅长吟白发诗。
即便仙炉丹药在，
梅寒鹤老日先迟。

六

元旦今年遇腊八，

梦来旧忆乱如麻。

病沉心痛皮包骨，

夜重风寒雪引茶。

零落伤怀生与死，

凄凉感世豁和达。

香飘粥熟人何处，

你在天涯我在家。

2012 年元旦写于北京

壬辰杂咏

龙年初忆旧怀老友

　　今日劲松地铁站口见一背大提琴的小姑娘，惊似少年时代的好友，直面相对，险些没有将名字呼出口。

四月蔷薇艳欲啼，
那年石径日偏西。
青春岂愿风中散，
白鹤何由雨里栖。
星落常为清水梦，
雪融每作浅诗题。
恍然犹似邻家女，
旧事穿心忆小奇。

2012 年春节过后于北京

注：老友当年在北大荒的清水河农场。

偶读煜珊七三年吉林插队日记

风中邂逅雨中辞，

一纸童谣唱此时。

向日倾心葵有信，

冲天负气剑无持。

流离湖畔心攀柳，

寥落村头杏念枝。

莫对月明思往事，

青春已远梦谁知？

2012 年 2 月 13 日

成 都 印 象

清风何处隐悲笳，

我到成都细雨斜。

没肺没心花占锦，

不今不古塔留霞。

红男绿女一街舞，

竹椅泥壶满座茶。

五代芙蓉谁顾得，

火锅只要辣和麻。

2012 年 3 月 9 日成都

送复华青海归来

清明无雨送归人，
千里黄沙黯白云。
大漠孤烟烟作梦，
长河落日日为魂。
青杨正忆冷湖在，
红柳犹诗苦意存。
天意当金山上祭，
车笛鸣处雪纷纷。

2012 年 4 月 7 日写于列车上时正过嘉峪关

网上看大兴岛知青 5·18 聚会照片有感

聚会人人鬓巳丝，
惊心最是树凋枝。
歌狂犹抵青春日，
酒醉难禁白首时。
残雪化来谁入梦，
旧游散去我裁诗。
悲欢恨爱今何在，
红粉绿装知不知。

2012 年 5 月 30 日于美国

新泽西社区图书馆重见燕祥书

别了居然竟两年，

封皮早破页先残。

书经何处灯边手，

风过谁家雨后山。

往事犹能人共说，

前尘已与梦相关。

隔洋跨海八千里，

同样情怀异样天。

2012 年 6 月新泽西

注：放翁诗句：旧事已无人共说，征途犹与梦相关。

读《夹边沟记事》忆春日车过夹边沟感怀

车去柳园星月明，

夹边沟外暗心惊。

荒沙哭处曾埋骨，

野鬼歌时已忘形。

有恨何由功与罪，

无情谁问死和生。

扑窗戈壁凉如水，

满夜冤魂满夜星。

2012 年 6 月 20 日于新泽西

偶读旧信

化蝶成虫破信封，
尘埋墨色渐失浓。
十年流水沧桑尽，
一瞬浮云缥缈空。
旧梦犹能随落日，
陈笺可得付归风。
天涯已远人心老，
世事茫茫暮雨中。

2012 年 7 月 10 日夜

得燕祥诗三首和《感事》一首

感事红楼忆旧初，

伤怀谁在尽情呼。

椎心春去诗驱梦，

刻骨寒来主杖奴。

水不深知埋饵钓，

言犹轻信掷头颅。

世间偏有精装史，

揣著明白扮糊涂。

2012 年 7 月 24 日于北京

【附】燕祥原诗

忆昔红楼兴建初，也曾宾主喜相呼。

大人忽变天中日，小吏遂成阶下奴。

行见甍稜坍瓦砾，可怜早岁许头颅。

迷途何效穷途哭，漫云难得不糊涂。

2012 年 4 月 14 日晚

《煮墨斋诗钞》读后呈顾公

春秋阅尽扫风尘，
煮墨斋存日月魂。
梦里江南独垂雪，
情中窗北自裁云。
诗评白桦寒霜剑，
泪洒素姬芳草心。
最是洛城听夜雨，
卖花声动故乡人。

2012 年 7 月 26 日于北京

注：顾公，评论家顾骧先生，其书斋煮墨斋窗朝北。

7·21北京暴雨祭

泪落京都暴雨围，

几人已去几人归。

焉知命弱不禁水，

岂信调高犹自飞。

耻向乱麻城下管，

乐从盛宴酒中杯。

天灾人祸竟如此，

生死徒余叹与悲。

2012 年 7 月 27 日北京

悼老友龙云（三首）

惊闻龙云去世

少年携手北疆行，

晚岁还曾塞纳迎。

小井常从残梦过，

大荒偏向落花明。

青衫湿透诗中泪，

红粉吟平戏里情。

路远天长惊逝水，

三伏不觉夜成冰。

2012 年 8 月 6 日

注：剧作家李龙云今晨去世，不胜哀悼。我们是中学同学，一起去
的北大荒，又先后到当时六师师部宣传队搞创作。三年前，还
曾经一起到法国游玩半月有余。《小井胡同》是他的代表剧作
之一。

八宝山送龙云

细雨丝丝此日啼，
身寒心乱意凄迷。
青春只道诗如酒，
白首岂知命似泥。
暑气先催花易落，
老怀才感梦难题。
忍看朋辈成新鬼，
死已敲门阵阵嘶。

2012 年 8 月 8 日

重 读 龙 云

重读龙云去年 12 月短信发来写给复华的挽词，不想八个月后他竟也相随而去。

重看短信泪先流，
秋雨窗前不尽愁。
病重方知兄弟暖，
年轻不觉死生忧。
凭风何处歌同去，
把酒谁人醉与留。
梦里依稀人未远，
相携无语上层楼。

2012 年 8 月 11 日夜雨中

老傅六十五岁生日

万里远天蓝又蓝,

少年总忆在阴山。

而今残雪飞双鬓,

从此衰阳落半竿。

惟愿诗多心自暖,

犹期病减药相闲。

应知奔七须珍重,

半为孙儿半小边。

2012 年 8 月 30 日夜

注:老傅当年在内蒙插队时所写的诗,有"长望晴空无雁过,倚门万里蓝天蓝"之句。小边,老傅之妻。

读老邓书写《复兴诗草》册页感怀

秋寒心也暖，
长卷映灯宽。
墨色帙封里，
诗香册页间。
龙飞字生翼，
凤舞草腾烟。
无限情和意，
绵绵夜雨天。

2012 年 9 月 25 日雨夜

注：老邓，邓灿，书法家。老友老朱请他将我在复华病重期间所写的《病中诗草》，书写成厚厚一本册页。

复华周年祭

转瞬谁知已一年，
心伤岁暮又天寒。
谁人共说冷湖水，
何处相思大漠山。
托梦满庭犹有月，
招魂遍野不无烟。
泪垂老树清风下，
叶落纷纷作纸钱。

2012 年 11 月 28 日

冬至遣怀

风起一年冬又至，

推窗霜雪落纷纷。

空樽谁可添新酒，

断简何由遗旧音。

本草始知难救命，

离骚曾恨易追魂。

无常常念生和死，

不畏禅佛畏鬼神。

2012 年 12 月 21 日冬至夜

岁末寄友

心忧人老气先寒，
岁末偏逢雪满园。
守白不通知黑路，
追风最负落花天。
抽丝惟愿诗成茧，
把酒还期梦欲仙。
多少新年携手过，
青春最记是红颜。

2012 年 12 月 28 日雪夜

去年总结迎新呈友

二十四番花信过，

有开有落有神伤。

曾经同泪龙云下，

已就偕游雁塔旁。

瘦马尚能寻古道，

断桥不必怨残霜。

新诗裁罢新年里，

凭梦随君到大荒。

2013 年元旦试笔于北京

注：一群旧友前不久偕同西安游，曾在大雁塔下合影留念。

旧事一首呈诸友

旧事闲思不夜眠，
流年老感愧当年。
刺青身是军装舞，
点绛唇为语录喧。
扑火魂飞花盛日，
挖沙人去月明天。
而今谁作红颜祭，
风起荒原淡淡烟。

2013 年 1 月 5 日

读老傅诗戏成一律

终于熬得老来闲，
一觉天天醒自然。
鲁镇笑临儿把戏，
咸亨敢卧酒赊钱。
悠悠万事茴香豆，
漫漫千秋富牡丹。
双手揣家花并豆，
与妻尽兴度新年。

2013 年 1 月 8 日

【附】老傅原诗
侥幸熬来老有闲，
敢卧咸亨问酒钱。
悠悠万事茴香豆，
揣家与妻过大年。

无　题

柞枝带雪老心头，
曾忆边荒踏远游。
红豆几颗神女赠，
青丝一片楚王愁。
天无鸟迹云依旧，
树有年轮叶已秋。
乐府谁家犹唱起，
凭窗莫对月幽幽。

2013 年 1 月 13 日大雾中

悼荒友刘彩云

忽闻网上起哀音，
忆得三连住比邻。
隔壁常传莺语曲，
临风总见舞姿裙。
流年我落他乡泪，
逝水谁伤此夜心。
哈市今冬多降雪，
漫天皆白祭阿云。

2013 年 1 月 15 日夜

注：刘彩云，哈尔滨知青。不幸因病去世，还不满 60 岁。1972 年，
我在三连武装营组建宣传队，住在营部里，和她所工作的电话
交换台，一壁之隔。那时，她 20 岁不到，是个活泼开朗的姑
娘，能唱能跳，到处能听到她银铃般的笑声。

医院归来有感

人老偏兴少壮狂，

秋风起后欲贪凉。

雪寒曾饮冰啤酒，

胃痛还喝辣菜汤。

傻小不妨亲冷炕，

愤青犹爱唱高腔。

草枯叶落方知悔，

医院归来最感伤。

2013 年 1 月 22 日夜于北京

注："傻小子睡凉炕，全凭火力壮。"北大荒土语。

赵红霞叹

不雅视频威力大，
且看重庆赵红霞。
一人独唱群英会，
众树群开并蒂花。
席梦思中降硕鼠，
石榴裙下钓贪鸦。
居然反腐从云雨，
驱鬼愧煞官宦家。

2013 年 1 月 19 日于北京

《北大荒流人图》读后赠郑加真

直书秉笔有加真，
写尽荒原右派人。
红字金铃花去色，
青春白日梦成尘。
流离命断终龙水，
寥落离家老虎林。
名册长长压卷尾，
惊心最是众冤魂。

2013 年 1 月 28 日于北京

注：郑加真，北大荒老作家，新作《北大荒流人图》，全面记述当年
流放到北大荒的右派在北大荒时的命运经历。书后附录收集到
的当时在北大荒 1364 人右派名单。

雾 霾 叹

一月霾缠紫禁城，
便成堂上老亲朋。
停车坐恨尘遮路，
执笔书真韵断声。
绿水不流流汞毒，
蓝天难见见烟横。
赚钱谁顾头和腚，
歌舞依然醉太平。

2013 年 2 月 3 日于北京

癸巳遣兴

蛇年迎春即兴

雾霾未扫岁迎春，
依旧桃符依旧人。
梦里冰封河易化，
蛇前龙老力难寻。
一枝梅放香犹在，
三弄笛吟韵不存。
驱鬼还须浓试墨，
钟馗画了画门神。

2013 年 2 月 9 日除夕夜

佛手香咏

何方起梵音，
净夜抚瑶琴。
月淡寒时落，
香清静处闻。
幽窗明梦远，
孤枕暗思深。
佛手开佛事，
天风正洗心。

2013 年 2 月 11 日（大年初二）

癸巳元宵夜即兴

总想新年享太平，
蛇神牛鬼却偕行。
一宵雾重皆遮路，
半世潮寒尽伴腥。
花不关心开或败，
夜犹念月落和升。
且看焰火腾空舞，
谁管多情雪打灯。

2013 年 2 月 24 日夜于北京

叹 雾 霾

蓝天难见气难舒，

满目山河满目乌。

斑竹万枝垂少泪，

春江一水泛多茶。

泥蛇吞象贪心起，

狗屎糊墙秽手扶。

只顾年年 GDP，

乌纱才是好前途。

2013 年 2 月 26 日于北京

叹沙尘又来

雾霾才去又沙尘，
难见江山本样真。
遍地风吹逢两会，
满城口罩聚双唇。
贪心易认钱为父，
私欲难尊国是魂。
水染土污空气坏，
伦常衰败惹天神。

2013 年 2 月 28 日夜大风中

卜算子读后答老傅

君言甚是老头乐，

小酒歪诗卧草窝。

棋罢一局观落日，

梦回千里走霜河。

弄琴月下风吟柳，

泼墨灯前雨画荷。

旧友更传书简至，

新词满纸不嫌多。

2013 年 3 月 1 日

注：老傅卜算子词中有句："大难人未死，在乎衣帽破？小窝小酒就小诗，悠哉老头乐。"

怀李玉琪

少女十七应似花，
谁知命断在天涯。
红颜血洒萧萧夜，
乌发梳流滚滚沙。
哭处肌肤温尚在，
殓时魂梦月偏斜。
当年多少知青伴，
独你荒原守落霞。

2013 年 3 月 5 日夜于北京

注：李玉琪，北京知青，与我同在北大荒大兴二队，夜班挖沙时塌
方被沙所埋而亡，年仅 17 岁。入葬前为她梳头，沙子从发辫间
滚滚而落。

无 题

纷繁世相任摩挲，
欲海无边意若何。
壮士不辞红粉舞，
美人偏向白翁歌。
一家可有多房本，
只手能牵数老婆。
玉砌雕栏官府夜，
银盘金盏醉颜酡。

2013 年 3 月 10 日于北京

春雨寄友

春暖迟迟日，
愁思欲动时。
随风花易落，
带雨叶难持。
病榻魂何在，
家人梦敢辞。
萧萧生死意，
漠漠有谁知。

2013 年 3 月 12 日北京第一场春雨中

田老师八十寿

寿筵八秩日，
花放满亭园。
堂上多金桂，
身边有玉莲。
青青黄卷里，
红烛白头前。
风雨长相忆，
师生五十年。

2013 年 3 月 17 日

注：田增科老师，是我中学语文老师，我初三时作文《一幅画像》，
经他修改参加北京市少年儿童作文比赛获奖。我和田老师有长
达整整五十年的师生之情。
田老师夫人名玉莲。

无 题

曾经狂舞双峰下，
雨乱云迷梦作花。
秋去岂知风放马，
春来空向夜流沙。
草逢露重人先去，
林遇霜寒月已斜。
忽忆去年佛谶语，
普陀山上有袈裟。

2013 年 3 月 20 日春雪化后

田老师生日诗会感怀

六十老头八十翁，

堆盘寿宴是诗情。

春光乍泻丝丝暖，

雅韵初集句句清。

流水偏争花落意，

老鸦犹赛燕新声。

都夸自己颜色好，

返老还童师与生。

2013 年 4 月 10 日于北京

题《生命意义》

扑面清明雨正狂，

忍看一卷命无常。

最知慷慨心伤地，

不觉凄凉泪满裳。

长恨歌随残翼鸟，

独思梦伴断桥霜。

碑铭墓穴今何在，

难散幽魂北大荒。

2013 年 4 月 18 日于北京

注：《生命意义》，北大荒上海知青方国平主编，是第一本也是迄今
为止编录的死于北大荒的知青最完整的人名录和生平录。

孙犁先生百年诞辰祭

大道低回铁木青，
耕堂淀水自风清。
粗茶淡饭伴四季，
草履布衣行一生。
衰病犹怀天下事，
老荒未废纸间声。
百年浮世文章在，
映日荷花别样情。

2013 年 5 月底于北京

布鲁明顿夜吟

仲夏窗前绿满阴，

膝前喧闹绕儿孙。

早花未解丁香结，

老木犹堪豆蔻春。

世味年来融淡水，

人情日去逐轻尘。

牧童莫把横笛握，

回首徒失夜夜音。

2013 年 7 月 8 日夜芝加哥归来

七年后重游芝加哥

跨海重游远去家，
江湖看尽走天涯。
灯红楼有浓浓酒，
水绿舟无淡淡茶。
老路不出昔日月，
新枝犹落旧时鸦。
七年一觉芝城梦，
晚祷钟惊满地花。

2013 年 7 月 13 日夜于布鲁明顿

重访芝加哥大学

树摇昔日影，
人走往时光。
此地金巴克，
当年白教堂。
花开红满架，
藤蔓绿缘窗。
依旧秋千在，
悠悠荡落阳。

2013 年 7 月 25 日夜

注：金巴克是当年小铁在芝加哥大学读博时住的公寓所在的街名。
七年前，我来芝加哥也曾经住在这里。

梦中遇父一夜无眠

风雨雷鸣夜，
父亲执手亲。
粗衣灯后影，
细语耳边真。
梦断惟相忆，
泉流只自吟。
醒来谁在泣，
楼上小孙孙。

2013 年 7 月 21 日夜雨中口占

陪两孙游玩印第安纳波利斯

驱车百余里，
父母乐游之。
一角披萨饼，
半天波利斯。
骑龙穿夜月，
弄水溅清池。
还有阿凡达，
疯追两小厮。

2013 年 7 月 23 日于布鲁明顿暴雨中

注：印第安纳波利斯儿童博物馆有恐龙等游戏，还有电影《阿凡达》
特技展览。

小铁新居即兴

一曲溪流细向东,
亲亲林木绿阴浓。
如约涌至窝瓜老,
不请奔来扁豆红。
正莳花时逢紫蝶,
偏除草处遇黄蜂。
新朋最属徜徉鹿,
落日窗前影带风。

2013 年 7 月 30 日于布鲁明顿海德公园

龙云周年祭

不觉萧萧又一年，

隔洋望断雨绵绵。

心迷早上九重阁，

世乱已行八道湾。

小井焉排天下旱，

大荒孰记梦中寒。

怅然掷笔凭风去，

依旧朱门醉管弦。

2013 年 8 月 1 日于印第安纳雨中

注：八道湾，北京南城的一条老胡同，龙云小时候曾在那里住。

夜梦老屋

老屋彻骨寒，
颓败断炊烟。
窗破风吹雪，
篷缺雨漏天。
童衣绳上挂，
衰草瓦中攀。
梦醒萧萧夜，
孤灯对月残。

2013 年 8 月 4 日夜布鲁明顿

黑 白 萧

胖瘦兄和弟，

人称黑白萧。

性情寒异暑，

模样海同潮。

上口扑将咬，

仰脸呼且嚎。

童年哭也乐，

转瞬便烟消。

2013 年 8 月 7 日于布鲁明顿 MALL 中口占

读北岛《城门开》

剑胆琴心空自许，

青春都有带芒期。

火中敢取将焦栗，

枰上羞留未尽棋。

落木千山悲处老，

流云一梦醒时迷。

轮回父子谁能语，

压卷文章血泪题。

2013 年 8 月 22 日夜于布鲁明顿

注：《城门开》书中最后一篇文章《父亲》，文前有北岛题诗："你
召唤我成为儿子，我追随你成为父亲。"文中写道："直到我成
为父亲……回望父亲的人生道路，我辨认出自己的足迹，亦步
亦趋，交错重合，——这一发现让我震惊。"

复兴诗草

无　题

赤袖当年骇四邻，

绿衣魔影至今存。

金书铁券谁家命，

红字黑铃何处魂。

自古深山藏野寺，

从来名马系朱门。

江湖看尽风和雨，

一抹烟波不必吟。

2013 年 8 月 29 日夜于布鲁明顿

高三四班聚会有感

不是刘泓赴远程，
天涯难此喜相逢。
墨研白发春犹在，
茶润蓝关雪未融。
老酒空怀人逐日，
美人谁忆舞随风。
汇文多少沧桑事，
冷眼惟存那座钟。

2013 年 9 月 3 日于布鲁明顿

注：刘泓从美国特意赶回，他已经几十年未回母校。高三四班大聚
会缘于他的回来。

闻铁道部贪官受审

铁道疯狂揽黑金，
虽然触目不惊心。
未因事故鞭高位，
还怕钱多累美人。
硕鼠群多分圈养，
贪官肚大聚鲸吞。
动车一响财神到，
提速频来鬼叩门。

2013 年 9 月 10 日于布鲁明顿

读老朱忆当年大兴岛排演话剧《艳阳天》有感

寂寞难捱遇浩然，
正逢样板戏刚完。
地闲不种高粱米，
气壮偏服大力丸。
画饼充饥荒草甸，
梦梅止渴艳阳天。
大兴岛上传今日，
一幕青春落照残。

2013 年 9 月 11 日于布鲁明顿

纸 飞 机

最爱玩时惊叫奇，
叠成废报纸飞机。
冲天鸟作云中落，
潜水鱼成海底栖。
尾大偶能头抢地，
身轻也会嘴吃泥。
一支一手齐肩起，
比翼东时落在西。

2013 年 9 月 12 日晨口占布鲁明顿

梦醒漫吟

梦死不难生却难，

东风无力百花残。

前门后海槐杨路，

野草荒原雨雪天。

文字误将兴国策，

美人空负爱情篇。

水中云影云何在，

一觉忍看寒夜寒。

2013 年 9 月 14 日夜于布鲁明顿

中秋即兴

中秋又在异乡行，
大雨过时月更明。
把酒有风杯满令，
堆盘无蟹火空鸣。
云深紫蓟何方见，
水远红帆几处停。
梦里桂花如雪落，
窗前雏菊自亭亭。

2013 年 9 月 19 日中秋节大雨后于布鲁明顿

离美遣怀

几番疏雨几番凉，
落叶霜风一地黄。
来日曾经花满树，
去时不觉月空窗。
残书抛枕松声远，
断梦惊心夜色长。
世味渐深人渐老，
萧萧秋意路茫茫。

2013 年 10 月 7 日于布鲁明顿夜雨中

悼侯仁之先生

正读先生《北京城的生命印记》一书，得知先生仙逝的消息，不禁感喟。谨以小诗聊寄心香一瓣。

文字沧桑入晚秋，
京都一卷辨从头。
话燕说蓟寻烟树，
裹药笺书诉帝州。
地理不辞足下苦，
天心常上梦中忧。
后门桥记青春忆，
到老中轴念未休。

2013 年 10 月 24 日于北京

注：侯仁之先生八十岁作《从莲花池到后门桥》。后门桥为北京城中轴线北端起点。

又过前门

喧嚣闹市过前门，
扑面多行外地人。
六必居前悬老匾，
五牌楼外起轻尘。
破屋残瓦积衰草，
枯院斜阳荡野魂。
打磨厂西萧瑟瑟，
秋风不遇旧街邻。

2013 年 10 月 25 日前门归来

重观龙云《小井胡同》

秋风秋雨返京都，

戏正收拾尾画图。

灯暗舞台人散后，

梦醒夜色雁来初。

重游小井心将老，

又过平屋树已疏。

旧事谁书荣与谢，

一天云任卷和舒。

2013 年 11 月 7 日晨于北京

《西去的背影》题记

西行背影伤冬暮，
扑面文章暖自深。
满纸芳枝花溅泪，
一天寒夜月怜人。
此书独见诗情梦，
何处相寻剑胆心。
字字长存兄弟意，
蕙风慰我冷湖魂。

2013 年 11 月 12 日夜于北京

注：《西去的背影——肖复华纪念文集》，青海朋友编辑，今年 11 月
赶在复华去世两周年前，由北京联合出版公司出版。

惊闻桂丛离去

风吹噩耗到江南，

九大员失又一员。

落叶新添霜后树，

残灯重暗雨前山。

荒原有梦托明月，

野草无魂寄远天。

生死都云难预料，

惊心总是太突然。

2013 年 11 月 17 日于浙江衢州

注：连桂丛，11 月 14 日逝世于去医院的路上。他和我中学校友，又同在北大荒一个队，当年在此队有校友九人，被称之为九大员。去年，九大员中走了李龙云，现在又走了连桂丛。

旧事忆桂丛

那年烟泡卷荒原，

十里桂丛来二连。

踏雪独肩今夜冷，

推门相对此灯寒。

新花不伴青山老，

旧友犹随白发残。

蓬转难伤人事忆，

天涯便在一心间。

2013 年 11 月 23 日夜

注：1971 年冬，桂丛顶着大烟泡从团部走到二连找我，只为告诉我
找兽医站的曹大肚子借书。从团部到二连 16 里。那情景总让我
难忘。杜诗有云：人事伤蓬转，吾将守桂丛。

从肖钢处取回旧物有感

旧照残篇和断简，

三箱重重抱回迟。

新花待放宜新雨，

故鸟将飞适故枝。

逝水莫惊鱼散日，

落霞犹忆鹿鸣时。

雪泥未必留鸿爪，

往事萦怀却是诗。

2013 年 12 月 15 日北京

注：肖钢装修房屋，收拾旧物，险些丢弃三箱我以前的笔记旧书和
照片。取回来不禁感慨流年似水。

简　煜　珊

旧事茫茫哪处寻，
当年鱼雁动青春。
密云有雨因风远，
断梦无声为夜深。
两地书横犹在架，
一天星散不留痕。
谁悲化蝶难抽茧，
独走雾霾过蓟门。

2013 年 12 月 18 日北京

重读《我们曾经相爱》

三十年前旧作文，
曾经往事落灰尘。
风吹犹动空庭柳，
月照难堪满纸魂。
书外逢谁悲白发，
字间知己哭青春。
从来乱世轻生死，
未必爱情属美人。

2013 年最后一日于北京

注：从肖钢处取回旧物中有一本《我们曾经相爱》，这是我的第一部
长篇小说。写一群年轻人在"文革"中的经历和命运。

读吴梅村诗随感

赛赛圆圆楚两生，
飘蓬乱世梦如风。
梅村花落伤心里，
藕榭塘枯泪眼中。
杨柳因随团扇舞，
樱桃未伴琵琶红。
鱼龙气散前朝外，
白发枉随青史空。

2014 年元月 3 日夜于北京

注：赛赛、圆圆，为卞赛赛和陈圆圆，明末名妓；楚两生，指柳敬
亭和苏昆生，当时艺人。吴梅村曾经有诗为其名世。

梅村有诗：云山两岸伤心里，雨雪孤城泪眼中。

题德智梅兰竹菊诗手书长卷

少年枯坐窄书斋，

夜夜挥毫踏墨海。

竹菊梅兰随字走，

隶行楷草伴花开。

一轮月影出还没，

三弄笛声去复来。

水阔天长长卷在，

春风满纸气萦怀。

2014 年元月 6 日于北京

注：老友黄德智自幼学习书法，历经磨折而始终坚持，如今是颇有
建树的书法家。此幅手书长卷，长约十尺，楷草行隶，各种字
体，恣肆汪洋，蔚为壮观。

腊八夜梦母

腊八又到岁将残，

豆烂米香香透天。

老母粥中炉火暖，

长桥车外藕花鲜。

居然泪落五更外，

依旧梦回千里前。

谁在叩门呼唤急，

醒来风正破窗寒。

2014 年元月 8 日腊八夜

注：腊八夜梦见母亲，她推车我坐，她煮粥我喝。不禁唏嘘。

兄弟诗·五人集读后

兄弟诗吟一卷幽，

即今已白五人头。

风花对月同相念，

雪月逢花各自愁。

寻韵时登云外寺，

钟情每上雨中楼。

新词熬出家常味，

粥熟喷香分外柔。

2014 年元月 12 日于北京

红菜汤忆

老莫哪年红菜汤,

忆中滋味最为长?

蜻蜓不舍湖莲梦,

蝴蝶犹追豆蔻芳。

隔岸折枝寻故地,

邻家飞燕绕新梁。

出塘岂见泥双腿,

夜半谁知地满霜。

2014 年元月 22 日夜于北京

甲午即事

马年迎春即兴

神马浮云亦费猜，
迎春谁可巧安排？
雾霾不伴烟花去，
雨雪难随爆竹来。
老友已逢新酒醉，
新炊犹试老茶开。
相声饺子合盘煮，
溅起荧屏笑满台。

2014 年元月 30 日除夕北京

春节感怀

岁月伤冬暮，

不堪春与秋。

雾霾毫未减，

雨雪滴无收。

天路寻消息，

云台问理由。

来年如欲旧，

老马泣沧州。

2014 年 2 月 1 日大年初二

京城初雪漫兴两首

如盼情人到，
终于瑞雪来。
冰心犹寂寂，
春信竟皑皑。
琴抚人空座，
梅寻韵满台。
飘飘何所似，
谁在梦徘徊？

初雪如初恋，
高洁不染尘。
雁飞云里别，
鹤舞梦中魂。
一水千峰过，
深山浅草寻。
掌心能化雪，
来对白头吟。

2014 年 2 月 7 日北京初雪纷纷中

甲午元宵节夜遣兴

一夜雾霾来上元，
奈何也要煮汤圆。
皮开馅破心先碎，
树老枝疏叶早残。
盘满独斟家酿酒，
巢空谁向月飞天。
虽然窗外梅花在，
只是风吹漠漠寒。

2014 年 2 月 14 日元宵节夜于北京

花市与煜珊最后校对兄弟诗·五人集

料峭谁吹风满纸，
与君共对五人诗。
柳枝欲绽青春忆，
花市来寻白首思。
啸志歌怀唐宋意，
云容水态雪霜姿。
一书校罢天将暮，
正是东瀛落日时。

2014 年 2 月 21 日于北京

新书自题

春送新书散墨香，

雾霾多日扫而光。

月清云淡连秋水，

雁叫蛰鸣动晚阳。

四季文章忙亦乐，

一年心事老何伤。

园蔬带露谁来摘，

敲火煎茶待客尝。

2014 年 2 月 27 日于北京

注：今天收到《肖复兴散文新作 2014.1—2014.2》样书。这是我的
书中出版最快的一本。书中收录我一年来最新的散文，居然厚
厚一本，敝帚自珍，聊以自慰。

遇罗克四十四周年祭

纸上出身血泪篇，
谁人回首说当年。
不甘跪地躬为草，
宁愿飞天直作烟。
梦落春秋前世路，
燕归王谢旧时檐。
四三四四魂犹在，
一水依然两岸山。

2014 年 3 月 5 日夜于北京

注：颔联用北岛悼遇罗克诗句："我只能选择天空，绝不跪在地上，以显示刽子手的高大，好挡住自由的风。"四三、四四，是文革时期北京中学生由于出身不同而分成的两派。

文化宫见两株古玉兰盛开满树

一夜玉兰扑满怀，
二乔已在朵中埋。
雪袍玉羽从天降，
霜珮琼瑶自梦来。
古树虬根沾雨动，
春心锦字借花裁。
周郎莫笑东风老，
烂漫双娇我处开。

2014 年 3 月 22 日于北京

昨夜细雨窗前海棠含苞吐红

随风潜入夜偷情，
惹得棠尖一点红。
沾湿初开花色浅，
带珠未展蕊姿浓。
蜻蜓点水情难到，
燕子穿云意不逢。
毕竟匆匆为过客，
谁怜树树望长空。

2014 年 3 月 28 日于北京

清 明 吟

四月天枯雨未逢，
响晴薄日正清明。
一山独念无流水，
满地相思有落英。
松韵何方连梵语，
禅香不处带经声。
纸钱片片谁抛洒，
舞尽海棠风自轻。

2014 年 4 月 7 日晚于北京

来可绣家论诗遣兴

满室春风满座茶，
五男四女聚来家。
清谈帘卷玲珑韵，
乱炖锅翻烂漫虾。
白发频添红袖酒，
新枝多忆旧时花。
论诗更佐汤鲜美，
十里端将是少华。

2014 年 4 月 15 日于北京

注：九位老友聚会来可绣家，议论《兄弟诗·五人集》。少华特意做
一锅什锦火锅，大老远从家里坐公交车端来助兴。

天坛二连大聚会感怀

细雨天坛聚二连，
相逢偏遇落花残。
雪峰月隐青春里，
沧海珠垂白发边。
不见小林思醉酒，
长怀老董梦荒原。
当年最念荣珍事，
谁恨擦肩一瞬间。

2014 年 4 月 18 日于北京

注：小林，上海知青，我的好朋友。当年我从北京带到北大荒一箱子书，在暴雨连绵的夏季，是他帮助我在箱子上苫好草替我保护好。

老董，复员转业军人，当年的拖拉机手。他家曾经是我们知青谈恋爱的最佳场所，不仅他和他的爱人为我们腾出房间，而且还为我们做饭，特别是葱油饼的味道，至今难忘。

荣珍，上海女知青。和北京知青的一场恋爱却匆匆擦肩而过。当年从北大荒探亲回家，我还陪她一起去北京知青家探访。

在芝加哥过复活节

复活节恰到芝城，

气爽云轻赏快晴。

湖水迎风天一色，

弟兄穿柳燕双鸣。

聚餐乱炖百家宴，

画蛋戏涂多彩情。

说起今冬奇冷事，

冲寒踏雪是人生。

2014 年 4 月 20 日复活节于芝加哥

∞注：复活节在芝加哥大学 53 街附近的 greenwood 路的学生公寓，和小铁当年的同学们一起过的。这是一群来自很多国家的博士和博士后，他们以居住的街道名，将自己的这个小团体称之为"绿树公社"。他们告诉我，今冬芝加哥雪大寒奇，有几天的温度低于北极。

布鲁明顿初春即景

京城花事已阑珊，
此地海棠花正鲜。
时序仿佛春两度，
流年恰似水频还。
飞天乱絮真无路，
择树芳枝别有园。
莫笑蝶蜂寻蜜醉，
闻香识得美人缘。

2014 年 4 月 24 日于布鲁明顿

鹿吃郁金香记

布城明顿明如画，
四月芳菲艳似霞。
曾见林中羊跪乳，
未闻窗下鹿吃花。
幽情自是人人爱，
尤物原来处处佳。
美易凋零心易老，
郁金香作寓言家。

2014 年 4 月 28 日布鲁明顿雨中

和老朱暗恋诗

旧事可怜如乱麻，
朦胧草色暗天涯。
少年不语云遮月，
晚岁偏言蝶恋花。
青鸟从来辞近树，
红颜已去落邻家。
夜阑谈笑风生后，
五味子冲醒酒茶。

2014 年 4 月 29 日于布鲁明顿

偶　感

曾经麦海踏泥泞，

十里归来夜满星。

鹤动当初空自舞，

雁悲今日与谁听。

几时雪祭荒原哭，

何处花伤断梦鸣。

往事如烟如水过，

从来凉炕睡年轻。

2014 年 5 月 1 日于布鲁明顿

注：北大荒土语：傻小子睡凉炕，全凭火力壮。

偶　思

春花秋月何时了，
跑肚窜稀自己瞧。
马惫岂堪驮旧梦，
夜阑何必唱童谣。
几番雪雨和心老，
一世霜风伴叶凋。
识破苦多而乐少，
人生方可赋逍遥。

2014 年 5 月 2 日于布鲁明顿

远寄小京

最苦人生病榻前，
穿心往事落纷繁。
云台每忆因芳草，
姐弟常思为少年。
送雨迎风终有日，
拖家带口始无言。
谁能助我回天力，
重驾残帆漏水船。

2014 年 5 月 9 日于布鲁明顿细雨中

注：小京姐姐为家中老大，承担家中负担，早早当小学老师，拉扯
七个弟弟长大成人，突然患病瘫痪在床，小京心急如焚，自是
姐弟情深，无以相助，惟诗相寄。

赠 高 爷

高爷偶尔动忧思，

扑入怀中泪不支。

不过荧屏一丝念，

却看月桂百花痴。

论心尚落他人泪，

卜命先摇后世枝。

灯下旋将看故事，

破啼还得演编织。

2014 年 5 月 9 日夜于布鲁明顿

注：我戏谑高高为高爷，今晚看电视时突然忧郁起来，怎么劝都不
　　行，最后要找爷爷。我给他讲故事，又非要看视频《最后的编
　　织》，方才破啼为笑。此片获得拉丁美洲动画片大奖。

读徐渭长春祠夜半视月诗有感

观月居然闻珮响，

清光起舞舞蹁跹。

流云一去浑前暖，

碎影千回尽广寒。

菡萏先失枯水后，

菩提已落断风前。

那年雾夜陶然畔，

桂子香浓湿半山。

2014 年 5 月 12 日于布鲁明顿

注：徐渭诗：忽忆广寒清冷甚，有人孤珮响珊珊。

挽吴小如先生

草长莺飞五月中，
落英满地泣吴翁。
讲诗说杜楼前月，
论世裁心酒底风。
犹票戏时成大戏，
不教工处是真工。
为师鹤发蝇头偈，
字字依然墨色浓。

2014 年 5 月 14 日印第安纳雨中

注：昨日才知道吴小如先生 5 月 11 日逝世，享年 92 岁。不教工处是
真工，徐渭句。

边写边画六人速写展题后

琴剑相携走远方，
有风有雨有斜阳。
墨分五色晴方好，
酒取三秋味正香。
孤笔双挥花草落，
四时一梦水天长。
居然纸醉情迷外，
误入谁家速写堂。

2014 年 5 月 19 日于布鲁明顿

注：5 月 10 日至 17 日，"边写边画六位作家速写画展"，在中国现代
文学馆展出。6 位作家为屠岸、高莽、赵蘅、罗雪村、冯秋子，
我忝列其中。

夜梦丽宏

三十年前上海逢，
南京路走两书生。
红房子里窗扑雨，
绿树荫中马踏晴。
依旧江山说依旧，
曾经风雪梦曾经。
何当重饮庐山酒，
不醉皆因一路行。

2014 年 5 月 27 日于布鲁明顿

注：大约二十五六年前，我和丽宏在庐山，那一晚同饮，我喝了很
多居然未醉。丽宏常说起此事。那是我平生喝得最多的一次。

【附】丽宏和诗
遥忆当年初相逢，挑灯夜话叙人生。
苏州河畔春沐雨，新安江滨秋见晴。
终究书生论终究，已经沧桑说已经。
待君归来重设酒，醉中再温庐山行。

甲午五月三十日于上海

双照楼诗词稿读感

恰逢端午远江天，

双照楼头落日圆。

燕市歌还心醉梦，

鹊枝啼换夜追寒。

冰如泪洒新亭外，

月似魂销旧史间。

丽句清词诗裹粽，

如何降将对屈原。

2014 年 6 月 2 日端午节于布鲁明顿

注：一直想读汪精卫的《双照楼诗词稿》，在印第安纳大学图书馆终
于找到。汪氏古典文学修养不错，清词丽句多现。曾有名篇
"被逮口占"："慷慨歌燕市，从容作楚囚，引刀成一快，不负少
年头。"亦有狱中赠其妻陈璧君（字冰如）的缠绵"金缕曲"：
"别后平安否，便相逢凄凉万事，不堪回首。国破家亡无穷恨，
禁得此生消受。又添了，离愁万斗。眼底心头如昨日，诉心期，
夜夜常携手。一腔血，为君剖。"旧说文如其人，今看人词两
异，不觉慨然。

闻少华赴孟买执教见赠

半日清风到孟城，

相携书剑海天程。

不因白发兴三叹，

犹向青山试一登。

碧浪沉浮流岁月，

银球起落见心情。

感君赠我红双喜，

今夜挥拍梦里行。

2014 年 6 月 3 日于布鲁明顿

注：临来美国之前，少华送我一支红双喜牌乒乓球拍，让我到美国
后打球。少华，是我中学校友，在校时便是乒乓球国家一级运
动员。

无　题

今日凌晨到上午暴雨大作，不仅唏嘘有作。

雨骤风狂此日齐，
花红洗得血迷离。
旧栽铁树萌枝蕊，
新布柴篱委地泥。
草蔓一堤浮梦魇，
楼摇百尺碎玻璃。
天晴不忍看檐下，
依旧珠帘带泪啼。

2014 年 6 月于布鲁明顿

世界杯第二日夜梦复华

又是疯狂世界杯，

挑灯夜半欲逢谁。

绿茵场伴少年去，

白发鬓随朝日飞。

筑短歌长春尽老，

火攻水守泪空垂。

评球热酒依然在，

月满庭台梦不归。

2014 年 6 月 15 日于布鲁明顿

注：复华初中时曾入先农坛体校少年足球队。

梦母夜吟

此景此情此母颜，

老茶老酒老房间。

赤足灯下锥心痛，

衰草檐前刺目寒。

正是热风迷雾夜，

如何苦雨落霜天。

他乡月照离人泪，

梦里相逢又一年。

2014 年 6 月 24 日夜于布鲁明顿

注：夜梦老母，细雨天竟赤着一双脚，拎着一只陶罐到老院邻居家。百思不得其故，醒来直望到窗外树影由暗渐渐变亮。想去年此时此地此床梦见的是父亲，今年是母亲，不禁怆然。

闻《洛浦秋风兄弟诗》出版寄田老师

洛浦秋风兄弟诗，

蒹葭瑟瑟映双池。

岂知鹤发衰年叟，

犹课蝇头锦字词。

医道络经书素问，

禅房花木说深知。

旧时燕子归家老，

依旧如花著故枝。

2014 年 6 月 25 日于布鲁明顿

注：颔联改放翁句：岂知鹤发残年叟，犹读蝇头细字书。

复兴诗草

一　天

一天又是一天霞，
晨露扑窗透茜纱。
乌雀呼晴先卷幔，
黄昏拈笔蓦生花。
晚来围灶忙炊火，
月上翻书缓泡茶。
孙子一声啼唤急，
爷爷奶奶快吃瓜。

2014 年 7 月 5 日于布鲁明顿口占

魏铁锌仙逝叹

人生如梦梦多艰，

锌铁居然比纸单。

水泛鱼歌非自乱，

月迷鹤唳已先寒。

缆绳未解船偏动，

车道临歧夜转残。

夏日奈何摇冷色，

十三楼叹落花天。

2014 年 7 月 7 日于布鲁明顿大雨中

注：魏铁锌，复华校友，文革期间的老友，与我同岁，后一样也去
北大荒，返城后当体育老师，曾被评为北京市优秀教师。突然
听到他夜半时分从十三楼上坠下的消息，不敢相信，不胜唏嘘。
他的老父亲健在，年 94 岁。

得友人电邮旧诗有感

云来雨去远烟岚，
重见旧诗羞忍看。
篇里我吟花满地，
泣中谁唱鸟空山。
乱帆争向春潮疾，
落棹孤随晚照残。
四十余年成一梦，
西风瘦马水天寒。

2014 年 7 月 20 日于布鲁明顿

注：友人发来的旧诗，是我 42 年前 1972 年在北大荒写的一首长诗《兵团战士之歌》。当时，颇有一些影响，曾经在兵团战士报和黑龙江日报上刊发过。作为诗朗诵，曾经流布大兴岛和兵团不少地方。如今看来，无论写作水平还是思想水平，都不忍卒读，令我脸红。朋友来信希望在今年 7 月 20 日重登在他的博客上。我回信说可以，但希望能够给以批评和自省，而不要仅仅是怀旧。46 年前，1968 年的 7 月 20 日，我们一起离开北京去的北大荒。

四季四吟

一

人生初始一浮萍，

渐老随风类转蓬。

得意夏云行雨后，

知时秋扇掷匣中。

将诗尽洒花千树，

凭梦空登雪数峰。

红粉黄尘青鸟去，

无常四季雾蒙蒙。

2014 年 7 月 15 日于布鲁明顿清晨雨后

二

四季匆匆一瞬间，
人生苦短奈何天。
花开不肯先春老，
霜落何须早雪寒。
酷夏无风传雁字，
深秋有雨落村烟。
频频谁使荒原忆，
不信区区只六年。

2014 年 7 月 17 日于布鲁明顿

注：我在北大荒插队六年。

三

醒来旧忆上心间，
千里边疆一日还。
醉酒穿花迷醉骑，
荒原飞雪度荒年。
青春过后情初熟，
白发生时梦已残。
四季不堪如水逝，
满庭月影共灯寒。

2014 年 7 月 18 日于布鲁明顿

四

万里青春驰野马，
箜篌弹断唱琵琶。
何时种树曾飞燕，
是水当门尽闹蛙。
不向秋风吹社火，
却教暮雪结窗花。
四时已去今如此，
我与谁来醉落霞。

2014 年 7 月 23 日于布鲁明顿雷雨中

偷得老朱字联成一律

早知尿炕睡筛迟，

堪笑当年太白痴。

气壮补天装蒜瓣，

血亏借日抹胭脂。

遗精梦海非云雨，

止渴梅林乃鸩厄。

一股虫尸忙万蚁，

却吟成作漫天诗。

2014 年 7 月 25 日于布鲁明顿

注：老朱诗"青春曾看少血色，且用豪言做胭脂"。

一股虫尸忙万蚁，徐渭诗句。

赠田老师

人生大半伴人忙，

八十尽情安乐乡。

信马由缰游海外，

随心所欲写文章。

时闲乘雨栽杨柳，

夜静穿云梦汉唐。

更有小诗次第出，

书来还请邓元昌。

2014 年 7 月 26 日于布鲁明顿

注：田老师近有新著《杨柳集》出版。邓元昌，是我中学的美术老师，书画家，田老师的挚友，田老师很多诗作，邓老师行草书写成卷。

广和楼忆旧

总忆那年在前门，
广和楼外雪纷纷。
三张票买红灯记，
一树枝垂白玉痕。
聚散如风伤此夜，
浮沉似戏叹谁人。
曲终幕落相携去，
全聚德悲酒里魂。

2014 年 7 月 27 日大雨清晨口占

注：1971 年冬，我从北大荒回京探亲，带父母到广和剧场看《红灯记》，戏散之后到广和剧场边上的全聚德吃了一顿烤鸭。几日后，回北大荒。那是我唯一也是最后一次带父母一起看戏吃烤鸭。一晃竟 43 年过去矣！

秋早即事

远山远水半阴晴，
早秋萧萧动小城。
扫叶清除残夜梦，
理书收拾好心情。
小楼听雨窗窗泪，
幽径寻花树树鸣。
挥笔兴来颜色尽，
行云断处是青冥。

2014 年 8 月 4 日于布鲁明顿

关于《北大荒三百首》答建国

君诗寄远天，

万里一灯前。

酒共青春醉，

棋同白发残。

独琴弦不断，

孤雪梦犹寒。

莫说离骚意，

惟亲草木篇。

2014 年 8 月 5 日于布鲁明顿

注：《北国记忆：北大荒三百首》，是我写的一本旧体诗集，写的全部是当年插队在北大荒的生活，武汉大学出版社出版，建国来诗表扬。

【附】建国诗

山村诗作画，雁鹿韵为声。

烈酒消残夜，幽思伴冷风。

滴滴歌涌泪，缕缕梦含情。

莫道青春短，魂牵此一生。

无　题

居然八月早秋寒，

瑟瑟霜催叶落残。

自古丹青分细墨，

从来风雨起晴天。

竹疏愧老难惊笋，

水瘦羞枯不放船。

世事年来浑似梦，

远山远水淡云烟。

2014 年 8 月 7 日于布鲁明顿

重看《悲情城市》

寒雨都曾草木惊，
哪方城市不悲情。
围炉多是谈玄客，
对酒稀为醒世僧。
梅发两枝同雪落，
舟行一水共潮生。
云深不见经幡影，
夜乱犹闻静梵声。

2014 年 8 月 7 日于布鲁明顿雨中

注：《悲情城市》，台湾老电影，1989 年拍摄，侯孝贤导演。

窗　前

来日枝枯绿未生，
窗前总觉太心惊。
春初已绽朦朦色，
夏欲先催飒飒声。
转眼不知花渐谢，
临歧方感月缺明。
三秋夜半空阶雨，
湿透中庭一紫藤。

2014 年 8 月 15 日于布鲁明顿

赠 小 京

一吟如梦令，
泪落面双颊。
我护新生病，
谁维旧梦家。
心知心里事，
雨打雨中花。
百日诗情在，
明朝再咬牙。

2014 年 8 月 16 日于布鲁明顿

注：小京寄来一组如梦令，记录他姐姐患病一百天他帮助护理的情景与心情。

梦多自吟

梦乱如麻细也沙，
醒来常对月偏斜。
卷舒今古云成雨，
荣谢朝夕草作花。
恨少每于山水处，
愁多总在女儿家。
旧情旧友吟难尽，
几遍重温旧日茶。

2014 年 8 月 17 日于布鲁明顿雨中

致齐倩大姐

花满窗沿月满庐，
儿时老树影扶疏。
临歧何处迷孤夜，
医老谁人遗素书。
雁去黄沙攀绿柳，
人归白雪向红炉。
从来十指连心动，
大姐来家百事舒。

2014 年 8 月 20 日于布鲁明顿大雾中

小 哥 俩

草丛泥水不嫌脏，
最爱捉蛙怀里藏。
尿炕贪尝瓜带奶，
涂鸦尽抹纸连墙。
流萤欲扑身先倒，
病蝶才拾泪已伤。
常是记吃难记打，
哭声未退笑声扬。

2014 年 8 月 25 日于布鲁明顿

聚 会 偶 感

相逢一度一难持，
最是昔时流此时。
素碗荤碟杂人世，
新茶陈酒乱心思。
梦回春雨蛇吞象，
花落秋风鹊占枝。
老来偏爱多聚会，
残枰对雪鬟如丝。

2014 年 9 月 1 日于纳什维尔

中秋即兴

鱼来雁去又中秋，
万里他乡在印州。
旧约兰舟桃叶渡，
新炉月饼杏花楼。
蟾宫丹桂悲风堕，
灯火青衣落日留。
无酒吴刚皆可醉，
嫦娥长袖舞名流。

2014 年 9 月 8 日中秋节于印第安纳

秋兴两首

一

浑欲不胜额上簪，

萧萧虫又叫霜天。

报秋一叶风前落，

理旧双鱼夜后寒。

未解幽怀生细梦，

难禁远水放空船。

沿湖曲径通深处，

小鹿因谁立暮烟。

2014 年 8 月 27 日于布鲁明顿

二

蒹葭已老日沉沉，
万里天涯万里心。
追月烟消余夜梦，
扑风叶动旧窗痕。
草疏岂可藏轻雁，
水浅犹能网细鳞。
冷雨萧萧停未否，
寒花欲落待归人。

2014 年 9 月 15 日于布鲁明顿

秋 分 夜 思

秋分寒暑日方好，
命定沉浮醉亦安。
草色哪家犹暖院，
雁声何处不悲天。
僧亡塔在残阳里，
树老花存断简间。
一夜小楼听冷雨，
明朝谁共话流年。

2014 年 9 月 23 日秋分夜于布鲁明顿

题小哥俩相册

来时春雨去时霜，
绿叶窗前渐转黄。
蚂蚱青蛙哥俩抢，
蜻蜓红雀燕双翔。
照片一册音容在，
日子半年花草香。
最是肚脐成纽扣，
笑声满路意何长。

2014 年 9 月 29 日于布鲁明顿

注：小铁做了一本相册送我们，里面是两个孙子和我们在美国半年
的照片。红雀是印第安纳州的州鸟。《纽扣》是孙子在幼儿园学
的一首童谣，唱的是一只小花猫穿着一件新衣服，衣服上的四
个纽扣先后都掉了，它还乐观地说我还有一个肚脐眼纽扣呢。

秋　思

草色将枯绿意微，

霜清露重一山围。

丹枫落日依花放，

黄叶追风傍鸟飞。

啼月惊蛰寒不死，

泣云孤雁去还归。

旧弦正奏新婚曲，

新酒溶谁旧嫁衣。

2014 年 10 月 3 日于布鲁明顿

芝加哥口占

二位萧爷一路行，
芝加哥送我回京。
离愁正遇三秋雨，
别绪还逢万里程。
隔水残云追水绿，
依山落叶映山青。
梦来此去多童趣，
布鲁明城夜夜星。

2014 年 10 月 4 日于芝加哥细雨中

注：我戏称两个孙子为大爷二爷。

见高高新画有感

又见高高画里行，
小猫小兔现心情。
几层月动云中影，
多少风吹纸上声。
肥鸟偏宜飞橡树，
蜗牛总爱戏蜻蜓。
最难忘是青烟起，
列列车厢去北京。

2014 年 10 月 14 日于北京

注：手机微信发来高高的新画，画的是两只小猫一只小兔，和一列
喷吐白烟的火车。

得福臣送来《戏边草》新书感怀

一册书成莫道迟，

福臣相送乃相知。

戏边草唱京昆曲，

画里人吟李杜诗。

学院蹉跎怀旧史，

梨园寂寞念新枝。

我知此卷多微薄，

惟向秋风祭祝师。

2014 年 10 月 16 日于北京

注：《戏边草》由武汉大学出版社出版，福臣是此书责编。样书印出，福臣从武汉到北京送书于我。祝师是中央戏剧学院教我中国古代戏曲史的祝肇年教授。

张洁画展观后

满幅风生满目云，
萧然秋水洗清心。
寸肠梦去春波冷，
一笔魂归暮霭深。
远树非无存缱绻，
他山自有动高矜。
丹青偏爱老将至，
画亦如诗夜夜吟。

2014 年 10 月 23 日于北京

偶　　思

多日雾霾多日愁，

回京更念海德楼。

天晴云去清如水，

心静诗来淡似秋。

扑绿一窗花弄影，

落红满院鹿鸣幽。

曾经沧海难为水，

除却蓝空不尽忱。

2014 年 11 月 1 日夜口占

注：在布鲁明顿住的社区名叫海德公园。

与金良谈二连诗

　　今日和金良谈二连诗，方知大兴岛流传至今的诗尽出二连，不觉慨然。当年二连诗皆我、龙云、老朱和建国所作，四十余年前旧事了。

　　　　　与君一夕作清谈，
　　　　　诗出大兴惟二连。
　　　　　韵落荒原香豆麦，
　　　　　词翻野岭醉松杉。
　　　　　断桥曾卧三江道，
　　　　　残雪犹归万里帆。
　　　　　长调短歌吟罢后，
　　　　　陈笺旧字起风烟。

　　　　　　　　　　2014 年 11 月 7 日立冬于北京

重到腾冲

重到腾冲访旧游，
壮魂又是欲相留。
云深难忆惊山岫，
草密伤情哭石头。
铁血如潮真气概，
野花似火叹风流。
国殇馆里悲风起，
扑面萧萧雨落秋。

2014 年 11 月 16 日于腾冲细雨中

翠湖秋思

　　到昆明住翠湖宾馆，门前就是翠湖，不禁想起 75 年即 1939 年春陈寅恪写的《昆明翠湖书所见》一诗。当时正是抗日战争时期，他撇妻别女独自一人到西南联大教书。由此感赋，敬步其韵。

此地当年噪乱鸦，
而今碧池映秋华。
翠湖锦瑟红鱼出，
黄叶佳人白雀斜。
江北梦消羞有国，
云南路断耻余家。
烽烟七十五年过，
风动满园金菊花。

2014 年 11 月 11 日草于昆明
2014 年 11 月 21 日改毕北京

注：陈寅恪有诗：黄鹂鲁连羞有国，白头摩诘尚余家。

【附】陈寅恪《昆明翠湖书所见》
照影桥边驻小车，新妆依约想京华。
短围貂褶称腰细，密卷螺云映额斜。
赤县尘昏人换世，翠湖春好燕移家。
昆明残劫灰飞尽，聊与胡僧话落花。

初 冬 偶 思

流年浮世乱如云，
旧曲总能翻作新。
戏演灵蛇戏仙蟒，
病医假药病真金。
红花翠竹当时事，
碧海青天此日心。
炉冷谁将温浊酒，
苍苍揾泪是何人。

2014 年 11 月 22 日于北京

悼高仓健

百年艺演高仓健，
一局枰收兆治家。
老母像前灯共语，
旧妻墓后夜孤花。
红尘路远山相唤，
黄手帕高风自斜。
硬汉并非藏冷面，
柔肠只是隐悲笳。

2014 年 11 月 24 日于北京

注：《兆治的酒馆》中，高仓健演的兆治一直到八十多岁。高仓健随身带着母亲的照片，每早每晚都对着照片告诉母亲自己一天做过的事情。离婚妻子的忌日，夜里，他悄悄到墓地送上一束不留名字的鲜花。

十字街头所见

十字街头纸火燃，
银灰不忍入云烟。
心将暖夜心添暖，
雪送寒衣雪减寒。
风雨一天忧动荡，
阴阳两界慰平安。
人生苦短多悲客，
露重霜清月正残。

2014 年 11 月 28 日夜从复华家归来路上

重读《陈寅恪诗集》

陈公诗句已千秋，
今日无端共此愁。
几载离骚离散命，
一生负气负荆牛。
盲翁明目书青史，
乱世伤怀上白头。
红豆乌丝相伴老，
苍天碧海自长留。

2014 年 12 月 1 日于北京

注：首联用陈寅恪诗句：义山诗句已千秋，今日无端共一愁。尾联用陈寅恪为妻子祝寿联：乌丝写韵能偕老，红豆生春共卜居之意。陈寅恪有诗：一生负气成今日，四海无人对夕阳。

袁鹰老师九十寿

老木浓阴对晚霞，
深流静水到天涯。
鸟鸣暖树相成曲，
雪打寒窗自结花。
九十年间文浩荡，
八千里外梦横斜。
井冈翠竹风帆过，
伴我青春泛远槎。

2014 年 12 月 5 日于北京

注：袁鹰老师的《井冈翠竹》曾经选入我中学学过的语文课本。中学时，我曾经买过袁鹰老师所著的《风帆》，插队时带到北大荒。

《赵丽宏文学作品》十八卷读感

十八相送画中情，
一路新书赏快晴。
四步斋来兰纫佩，
半生云起玉听笙。
煎茶试墨心犹静，
品乐笺诗韵自清。
长卷如风千里过，
片时旧梦又先行。

2014 年 12 月 10 日于北京

注：《赵丽宏文学作品》十八卷，由现代出版社出版，几乎囊括丽宏
大半生的作品。其中一卷书名为《片时春梦行千里》。

【附】丽宏和诗

2014 年 12 月 10 日，为拙著十八卷约聚京华，复兴兄赠《戏边草》，
并以七律相贺，甚感动，拾韵戏和。

人生匆促在途中，走穿阴晦见晚晴。
少时北上鸣雪笛，中年西行闻胡笙。
道今说古文优雅，描草绘花图新清。
难得一醉知己酒，交杯痛饮踏歌行。

2014 年 12 月 11 日

想起张纯如

纯如清水美如霞，

魂似婵娟梦似侠。

叶落是心伤日月，

剑寒当笔走龙蛇。

袖中缩手荒三径，

纸上刳肝独一家。

直面当年大屠杀，

隔江谁唱后庭花？

2014 年 12 月 13 日第一个国家公忌日

注：张纯如，美籍华裔作家。2007 年专程到南京采访收集材料，同
年出版《南京暴行——被遗忘的大屠杀》一书。如果从 2004 年
此书写作开始，今年整整 10 年。这位仅仅活了 36 岁的作家，让
我肃然起敬。

颈联改陈寅恪诗句：袖中缩手嗟空老，纸上刳肝或少留。

简 俊 戍

人和岁老并花残，
病锁愁眉最怆然。
药煮天天灯后泪，
液输滴滴梦中泉。
腊梅独愿千枝放，
春水相期万里船。
策马驰书惟一语，
遵医除患共心安。

2014 年 12 月 15 日于北京

为我姐八十寿

那年老父病多重，
家事柔肩独自冲。
沙雁将雏花带雨，
云帆向远水流风。
霜天好月频频寄，
雪夜新衣密密缝。
出塞昭君常入梦，
只因我姐在青城。

2014 年 12 月 16 日于北京

注：20 世纪 50 年代初，我姐不到 17 岁从北京到内蒙，参加京包线
铁路建设工作，为的是挑起我家生活的担子。她每月要从她的
工资中拿出 30 元钱寄来贴补家用，一直寄到我去北大荒。那
时，30 元钱不是一个小数目。在京包线上，包头、临河、集
宁……留下她的足迹。从 20 世纪 60 年代，她一直住在呼和浩
特。那是一个我时常想念的城市。呼和浩特为蒙语，汉语意为
青城。

甲午岁末夜兴六首

一

对山看水欲迷津，
乱世收藏乱古今。
新价清瓶归大款，
旧斑秦镜属肥人。
千金买得梵高笑，
万里赢回塞尚身。
最是钱能鬼推磨，
不堪少女落风尘。

二

一天惆怅夜深沉，
江上吹箫淡入云。
周易而今惟卜命，
楚辞昨日独招魂。
兰亭水落看飞鸟，
梅市花寒问远人。
多少沧桑蓬转去，
始知万事要无心。

注：刘长卿诗：吹箫江上晚，惆怅别茅君。
又有：愁中卜命看周易，梦里招魂读楚辞。
始知万事要无心，放翁诗句。

三

野云渡水带轻阴，

老鸟栖枝自可吟。

可以青春脱虎口，

何须白发入云门。

桃红染扇风尘在，

水碧除尘气象存。

肘后仙符应得验，

囊中丹药到时陈。

注：杜甫诗：肘后符应验，囊中药未陈。

四

峰回路转在高岑，

一览云山老此身。

不必荒原羞白雪，

无须闹市避红尘。

玫瑰竹叶酒底影，

豆蔻桃花源里人。

深酌细论旧时事，

夜来尤忆洞庭春。

注：一次聚会，少华带来一瓶玫瑰竹叶青汾酒。

五

老来偏爱忆曾经，
一卷离骚不了情。
暮雪犹怀朝露梦，
秋葵不忘夏虫声。
青春作茧多红粉，
白发成吟少绿茗。
万里烟波空浩荡，
云疏月淡只风轻。

六

夜色先阑意未阑，
兴来信笔水云间。
小诗串起一川忆，
淡墨洇成千幛山。
画落半枝经雪老，
梦游双鲤破冰寒。
老眉虽已咔嚓眼，
灯下犹看旧照片。

2014 年岁末于北京

元旦试笔

有风无雪度新年，
酒满樽空夜未眠。
何处梅花将放早，
谁家诗卷欲吟先。
曾经沧海难为水，
依旧青蛇易作仙。
禅外婆罗蜜经在，
心闲身老白云间。

2015 年元旦清晨口占

新年读老傅新诗

笔落新花艳,
诗成锦字篇。
千山歌月出,
一水舞帆还。
墨试清平乐,
茶煎爽口甜。
儿孙绕膝日,
最是破愁颜。

2015 年 1 月 3 日于北京

【附】老傅原诗

两个柴鸡蛋,一杯热奶茶。
好歌随意唱,宿墨任锋划。
展卷摹晨鹊,凭窗数暮鸦。
问孙何处好,我爱姥爷家。

赠 老 傅

每早手机开启时，
先寻短信觅君诗。
青梅纤手家酿酒，
白首雄心情出辞。
投老难逢熟人饮，
踏春最爱老花枝。
雕虫不是平常事，
纸上风烟梦里思。

2015 年 1 月 4 日于北京

注：白居易诗：每到驿亭先下马，循墙绕柱觅君诗。

老傅有诗：青梅已寡雄心煮，浊酒仍醇玉手斟。

周信芳诞辰一百二十周年

是花曾信俱芬芳，
不信凋零一夜霜。
几处凄凉悲海瑞，
数声慷慨唱天祥。
文章青史辞将尽，
歌舞朱门醉欲狂。
戏外伤情多戏内，
伶人无语话沧桑。

2015 年 1 月 14 日于北京

注：周信芳生于 1895 年 1 月 14 日。当年因演《海瑞罢官》、《海瑞
上疏》，在"文革"中蒙难；抗战期间，周信芳曾演《文天
祥》、《史可法》激扬民族大气等戏。

《婢女春红》观后并为林希兄八十寿

婢女春红几度春，
戏收叶已落纷纷。
盛筵花欲迎残客，
断梦泪犹归醉人。
未肯长天云逐月，
无端深院鬼还魂。
津门旧事听林老，
一笔钩沉自在吟。

2015 年 1 月 22 日于北京

注：话剧《婢女春红》，林希兄编剧，天津人艺演出。女主角春红被醉酒后的大少爷强暴以致最后悲惨死亡，写尽了津门深宅大院里的世态百味。落幕时分，舞台上那株树随春红背影远去突然落叶纷纷，十分感人。

一冬无雪遣怀

三围未有发知稀，
徒有群书拥四围。
梅早依然侵月放，
灯寒仿佛待人归。
诗存旧韵家藏酒，
路识老枫尘拂衣。
莫怪一冬无雪落，
缤纷都在梦中飞。

2015 年 1 月 29 日于北京

注：今天早晨醒来，才见到地上一片微白，有小雪终于夜间来访，结束了一冬无雪的漫长日子。打电话问京城别处，却依然无雪。

立春忆旧

荒原如梦梦空濛，
达紫香开分外红。
头白浪花龙水里，
草黄冰雨虎林中。
愁衔轻燕秋风去，
酒醉残灯夜雪融。
遥想相携攀野岭，
无言时对暮山钟。

2015 年 2 月 4 日立春于北京

注：达紫香，北大荒的一种野花。虎林，北大荒的地名。

出友谊医院小立街头

立春虽过尚天寒，
术后依然重症间。
三座桥犹搭弱水，
一重山不渡伤帆。
病来易感风中叶，
老来难消竹上斑。
谁立街头夕阳下，
人如乱蚁梦如烟。

2015 年 2 月 6 日于北京

注：昨日是立春后的第一天，俊戌在友谊医院手术五小时，心脏搭
了三个桥。我去医院看他，他还在重症监护室里。出医院站在
街头良久，感旧伤怀，身边喧嚣着吃凉不管酸的车水马龙。

岁尾碎思

物换星移又一年，
楼高只有半灯悬。
行云不伴寒山去，
流水空随夜月还。
日落相知斜渡鸟，
雪明独识远归船。
老来已是雾中眼，
珠碎以为依旧圆。

2015 年 2 月 18 日大年三十于北京

乙未之什

新春写意两首

一

人生歧路对残枰，
谱读棋穿橘秘经。
落幕曲终春在梦，
围炉客散酒空瓶。
无诗断简秋灯暗，
有菊疏篱夜雨明。
水阔天长云不到，
好风吹乱一天星。

注：《橘中秘》，中国象棋古棋谱。

二

化蝶窗前梦恨成，

疏灯朗月对天明。

书成醉墨诗先落，

酒罢纵谈竹后青。

春雁犹能飞过海，

夏虫不可语于冰。

天寒难得织云锦，

鹤老无妨踏雪鸣。

2015 年 2 月 20 日大年初二于北京

注：庄子语：夏虫不可语于冰。

水 浇 春

百年不遇水浇春，
一夜难逢雪色新。
风破愁来先去雾，
梦携鹤去在清心。
新诗宁愿花前读，
旧帖岂求月下临。
天若有情天亦老，
浮云变幻是红尘。

2015 年 2 月 20 日大年初二于北京

注：今年大年初一正好是雨水节气，难得下了冬季以来第一场真正
的雪。雨水节气下雪，民谚称是：水浇春，属百年不遇。

与肖钢电话后书感

鸿飞风去各东西，
地上空留旧雪泥。
野客冷湖羞断梦，
天涯歧路恨残棋。
岸痕渐逐新潮长，
草色多随晚雾迷。
世事苍茫春已尽，
子规带血自犹啼。

2015 年 2 月 21 日大年初三大风中

接小铁自法国信和照片

从来风景远方幽，
除夕携家法国游。
细雨古城频系马，
清溪小镇屡迎舟。
路长梦逐山边月，
海阔心随浪里鸥。
二月迎春花是笑，
波尔多酒品红楼。

2014 年 2 月 22 日大年初四于北京

注：小铁在法国工作半年，租了一辆车，一家四口，腊月二十六出
发，到法国南部游玩，一直到与西班牙交界的地中海，正月初
四从波尔多返回。

偶忆客至

夜尽灯红逢客至，
春深雨绿对花残。
烹茶敲火汲寒水，
泼墨行云点野山。
弦断匣中古琴柱，
尘生纸上旧诗笺。
窗前梅老当年影，
空落几枝飞向天。

2015 年 2 月 25 日于北京

香 山 忆 旧

正是青春遭乱世，

相逢慷慨说陈词。

好风狂聚碧云寺，

凉月漫吟红叶诗。

可恨醉无桑落酒，

谁怜折有菊开枝。

而今四十余年过，

梦里香山一地思。

2015 年 2 月 26 日于北京

注：那时同学从插队的各地探亲回家，不知为何，常会约好畅游香
山。香山成为我们的青春梦地。我们一起骑车呼啸而去，又一
起戴月而归。

聚　会

最怕知青聚会时，
酒酣耳热话陈词。
梦轻常入苍茫月，
心苦偏吟浩荡诗。
已就雁鸣伤雪夜，
不曾花发落霜枝。
老歌唱彻青春意，
白首无须旧舞姿。

2015 年 2 月 28 日于北京

元稹薛涛读感

马上往来诗作桥，
浣花溪畔会薛涛。
荷枯云雨湖中尽，
树老风烟雪上飘。
一粒浪淘沙细细，
万竿雨打竹萧萧。
锦江春色哀天地，
不抵笺吟半句娇。

2015 年 3 月 1 日于北京

风中读放翁

艳艳春阳读放翁，
扑窗阵阵树吟风。
花溪谁记新枝绿，
雪岭空思晚照红。
蔓草总缠幽闭处，
霉苔常湿寂寥中。
老茶犹唤明前煮，
如酒相知一醉同。

2015 年 3 月 3 日于北京大风中

春忆荒原

谁记荒原万里风，

吹开草浪上长空。

暮烟散处出边月，

寒笛起时飞塞鸿。

白日梦来从远近，

青春命定任西东。

翻浆时节信不至，

埋汰雪融难路通。

2015 年 3 月 4 日于北京

注：开春时节，泥路翻浆，道路难通，常会交通受阻。那时的雪化
之后粘泥带土很脏，北大荒谓之埋汰雪。

焰　火

焰火腾空落地灰，

繁华转瞬是而非。

碧花每见红颜放，

青鸟常寻白发归。

对雪独杯何事饮，

逢春短笛向谁吹。

烟消风散无踪迹，

一夜缤纷伴梦飞。

2015 年 3 月 5 日正月十五于北京

致达成本命年

曾经慷慨踏歌行，
双鬓而今不再青。
最忆夜阑催电稿，
难怀春尽对棋枰。
流年已换朱门去，
老眼犹看翠竹生。
一纸沧桑文汇忆，
繁星万点写达成。

2015 年 3 月 6 日于北京

注：老友罗达成，当年《文汇月刊》副主编，我的很多报告文学是
经他手在《文汇月刊》发表。今年是他的本命年，在撰写关于
《文汇月刊》人、事、史的新书，部分篇章正在《上海文学》
连载。

春日杂感两首

一

老来老友渐凋零，
医院归时药气浓。
残照寂寞伤病后，
疏枝萧瑟乱离中。
衰年纵有浮云忆，
夜梦了无芳草踪。
流水谁人寻落叶，
雪泥何处觅飞鸿。

二

沾湿花间好何处，
往来马上醉谁轻。
林深鸟雀声犹乱，
水浅鱼龙气未兴。
憔悴苍山诗里忆，
飘零黄叶雨中行。
晨钟应恨青春季，
暮鼓难羞白发僧。

2015 年 3 月 7 日于北京

注：老杜诗句：身过花间沾湿好，醉于马上往来轻。

再生北大荒五十年书感

大荒五十年，
转眼一袭烟。
修尽村林路，
挥残麦海镰。
美人七星月，
苦酒二连天。
霜雪飞双鬓，
梦中谁与看？

2015 年 3 月 8 日于北京

➳注：再生是 1965 年最早去北大荒的北京知青，一直在七星农场大兴
分场二队，后叫二连。今年整整 50 年。

夜梦北大荒当老师旧事

早岁为师意气浓，

荒原万里一川雄。

花间露湿归家路，

云外烟消放学钟。

松木雪朝炉火暖，

马灯雨夜纸窗红。

琅琅谁读诗三百，

满室童声满室风。

2015 年 3 月 9 日于北京

注：在北大荒我当过两年的老师，曾经在班上组织一个文学小组，
晚间专门谈诗。学生兴致盎然，即便刮风下雪，也会准时到来。
有一夜暴雨倾盆，学生们踩着泥泞居然到齐，令我记忆最深。

格律诗对于现实生活的意义（代后记）

看到人民日报·海外版连续发表关于格律诗的文章，这是一件好事，早就应该把中国独有的格律诗，重新提到中国人的文化议事日程中。从某种程度而言，它比学《论语》学《弟子规》学《百家姓》，更有意义。

我国是一个有着悠久历史的诗的国度，诗的传统，可以说在世界各国的历史里最为绵延悠长。古人说"诗言志"，是我们中国人对诗最高的理解和崇尚。古人还说"诗之基，其人之胸襟"，是把诗当成我们中国人做人的根基。而孔子所说的"不学诗，无以言"，更是把诗视为生活与人生中最起码的要求。

在诗歌最发达的唐代，就连普通的洗衣妇或卖炭翁，也会吟诵几首白居易的诗。诗并非仅仅属于白领，同样属于下里巴人，曾经是我们许多中国人的情感和思想最适合最朴素也最流行的表达方式。

即使时代发展到了现在，我们依然可以从古诗中找到任何情感与生活诉求、向往的对应物，没有比诗更能够包容万物，关照人生，乃至面对世界的替代物了。一句"共看明月应垂泪，一处乡心五处同"，道出了代代人相同的思乡之情；一句"春蚕到死丝方尽，烛炬成灰泪始干"，道出的是对情至深处的礼赞；一句"海上生明月，天涯共此时"，足以让再遥远的地方也近在我们的身旁；一句"海内存知己，天涯若比邻"，足以让整个世界都拉近在我们的身边了。

诗，在我国还具有教育的传统。诗的教育，就是我们民族亚米契斯式的爱的教育，情感的教育。"谁言寸草心，报得三春晖"，代代传承，几乎是所有中国人自幼学习的第一课；"人生自古谁无死，留取丹心照汗青"，千古以来书写着所有中国人的一腔爱国情怀；"无边落木萧萧下，不尽长江滚滚来"，已经成为了一种富于中国特色的象征，成为了属于我们中国的至理名言……这样照亮几代人心灵的美好诗句，不胜枚举。

当然，诗特别是格律诗所独有的平仄、对仗形式，格外体会到中国文字的独到之处。前者能够让我们感受到文字的韵律；后者能够让我们体味到字与字和词与词之间微妙的变化和韵味。这是只有中国文字才拥有，更是完全靠符号支撑起来的西洋文字，难以品味得到的。

重新将诗特别是最为辉煌的唐诗里的格律诗提起，不仅仅是为了格律诗的发展与复兴，也不仅仅是要大家都去学写这种古典的形式。具有现实的意义是，这种诗的教育、诗的情感、诗的言志与抒怀，对于如今在商业大潮冲击之下过于实际、实用、实惠的生活中人们日渐粗糙的内心与精神，是一种滋养。特别对于孩子精神与心灵的启蒙，这种诗的教化，不仅形象生动，易学好懂，而且，潜移默化之中，在审美滋润之中，影响人的一生。

当然，在我们语言越来越粗鄙化荒草萋萋的当今，学习这样古典并经典花开一样芬芳的文字，尤为需要。这样的营养成分，我们今天已经越发的缺少。过去我们的旧学里是讲究炼字、对仗和格律这样的文字训练的，这样的传统，早已如断线的风筝一样飞远。如今我们的语文教学关于古诗的学习，更注重其中的微言大义，其实，古诗里的炼字、对仗和格律，更是奥妙无以穷尽。仅看"两个黄鹂鸣翠柳，一行白鹭上青天"，在历朝历代的小学语文本里，都会选它，实在是因为它的对仗工整又可爱，韵律起伏如同美妙的音乐。而且，没有一个生僻字，都是大白话，一看就懂，让你感到并感叹，好的文字，相隔了一千多年，和岁月和我们没有任何隔膜。还有比这样的中国文字更具有魅力的吗?

重提格律诗,学一点格律诗,对于你我,意义非常。

2014 年岁末重拾旧作并修改于北京